幻变的蝴蝶
先锋之后的文学景观

张清华 著

中国书籍出版社
China Book Press

图书在版编目（CIP）数据

幻变的蝴蝶：先锋之后的文学景观/张清华著. --北京：中国书籍出版社，2020.12
　　ISBN 978-7-5068-8244-6

　　Ⅰ.①幻… Ⅱ.①张… Ⅲ.①先锋文学—文学研究—中国 Ⅳ.① I206.7

　　中国版本图书馆 CIP 数据核字 (2020) 第 254349 号

幻变的蝴蝶：先锋之后的文学景观

张清华　著

图书策划	成晓春　崔付建
责任编辑	成晓春
责任印制	孙马飞　马　芝
出版发行	中国书籍出版社
地　　址	北京市丰台区三路居路 97 号（邮编：100073）
电　　话	（010）52257143（总编室）（010）52257140（发行部）
电子邮箱	eo@chinabp.com.cn
经　　销	全国新华书店
印　　刷	阳谷毕升印务有限公司
开　　本	650 毫米 ×940 毫米　1/16
字　　数	205 千字
印　　张	11.75
版　　次	2021 年 2 月第 1 版　2021 年 2 月第 1 次印刷
书　　号	ISBN 978-7-5068-8244-6
定　　价	42.00 元

版权所有　翻印必究

目 录

自　序 / 001

谁是先锋，今天我们如何纪念 / 008
关于先锋文学答问 / 032
莫言与新文学的整体观 / 041
知识，稀有知识，知识分子与中国故事 / 068
主义与逻辑：再谈理解余华的几个入口 / 084
在命运的万壑千沟之间 / 109
安息日的悲歌或时代的亡灵书 / 138
秋鸿春梦两无痕 / 143
归去来，或从故乡的方向看 / 151

渐行渐远的"黄金时代" / 160

余脉或相关者：

关于几个准先锋文本的细读 / 170

后　记 / 180

自　序

先锋的终结与幻化

——关于近三十年文学演变的一个视角

先锋文学的"终结",似乎是这些年来文学演变中的一个"潜命题"。

说其为潜命题,是因为没有人认真对待过它,做一番来龙去脉的梳理和讨论;而且是几乎所有人也都不再把先锋文学本身当作一个命题,在"转型"说之后,批评界便另作他图了。似乎文学一夜之间变成了另外的东西,一个谱系在被"经典化"的同时,也正逐步被忘记,除了部分作家还在因为新作或其他原因而被持续关注,更多的则被迅速地遗忘了。应了《红楼梦》中"陋室空堂,当年笏满床,衰草枯杨,曾为歌舞场"的感叹,如今连中文系的课堂上,学生们也不再为当年那些或新鲜而陌生,或叛逆而有趣的作品而兴奋,而激动了。

当然,莫言是个例外,因为2012年的获奖,他的经典化变得毋庸置疑。在最初的几年中，不止作品销量大增，研究也很有些热度，有不少人甚至因为莫言研究而获得了各种各样的项目，连笔者自己也因为一个"莫言与中国当代文学的变革"的题目，而拿到了社科基金的"重点项目"。但或许是与大的文化与文学环境有关，社会对于莫言的认知和理解，似乎还在游移之中。虽然大部分学院批评家对其作品表示了肯定，但对于其作品中的批判性主题，对其直接描写历史暴力与人性丑恶的尖锐笔法，还有汪洋恣肆激荡澎湃的叙述风格，甚至对其饱和式和混合式的修辞等等，并未有太一致的看法。有些过分意识形态化的解读，或者道德式的批评，甚至与一部分一般读者的"审美不适"达成了一致。这些都反过来加重了人们对于先锋或新潮文学的狐疑与疏离感。

余华也是一个有意思的现象。一方面，人们对于他早期的作品，特别是那些有难度的中短篇小说给予了"刻意的遗忘"，而对于他的《活着》等"现实主义"小说，则给予了一个"选择性记忆"。据说在最近的数年中，《活着》的销量都以惊人的速度增长，2018年甚至超过了200万册，构成了一个"溢出文学场域"的巨大奇迹。这当然并不说明余华在精英批评圈子和专业读者中的持续热度，有关他的研究文章，并没有显著增长或质量提升，在中文专业的学生中，对余华的热爱也同样在衰减之中。当我岁末在课堂上讲述《许三观卖血记》时，明显感到这一茬学生对于余华的淡漠。

关于格非的情况似乎好一些，主要表现在研究文章的"逆势上扬"，尤其硕士和博士论文中以格非为题的，近年一直有显著增加。这当然与他的"知识化趋势"有关系——我不是说格非自身的知识分子趣味，而是说关于格非的研究本身，作为"学术生产"

似乎有了某种稳定性,这些话题大有知识化的趋势。比如作为"知识分子叙事"的问题,比如与传统叙事之间的关系问题,比如其精神分析向度的问题,还有诸如"桃花源与乌托邦"的问题,现代性与循环论的问题,等等。连笔者自身也因为参与"发现"和"发明"这些问题而感到有些沾沾自喜。《江南三部曲》的获奖,给格非带来了精英文学圈子之外的更多读者和影响,似乎在一定程度上"挽救"了曾经的先锋派一代的颓势。但同样的问题是,围绕这些话题的谈论,与先锋文学本身几乎已经完全脱钩了,这是颇为令人奇怪的。格非已不再作为一个曾经的先锋作家被关注,而是作为一个学院派或者知识分子类型的作家被关注了。

如果再考虑到苏童等人,情况就更为让人"悲观",因为新问题的暂付阙如,或是不明状态,他的研究似乎在逐年减退,批评家发明不出新的问题,也就显得有些空转或重复的嫌疑。作为天赋最高和技艺最为纯熟的当代作家之一,苏童似乎从不刻意追求问题性的写作,他在自然和不经意间延续着自己的笔墨,完全不在意外界的炎凉与冷热,这是令人尊敬的。或许如老庄思想中所信守的,"夫唯弗居,是以不去",或是"后其身而身先,外其身而身存"罢。我只好相信过些年后,他的被重新记起。

这样逐一说来,话就长了。笔者的意思是要求证,作为潮流或运动的先锋文学为什么会衰微和终结。这个问题当然在书里的一些篇章中已尝试解释过,而关于先锋文学之研究的式微,则是我更为忧虑的问题。人们受惠于先锋文学运动所赐,就像社会受惠于四十年的改革开放,这些成果如今消融进了社会生活的日常性之中,却反而被淡忘和消弭,这到底是好事呢还是坏事?

可以正面理解的方式，就是当年骆一禾的方式。他在写于1982年的《先锋》一诗中就已预见了"先锋"本身像冰雪一般的消融与消失："在春天到来的时候，他就是长空下，最后一场雪，明日里就有那大树常青，母亲般夏日的雨声。"某种意义上先锋的消弭正是它精神和方法的常态化，是它所分泌的营养的被吸收，它之遁于无形，也正是基于被普遍接受的缘故。简言之，作为稀世之物的试验已变成了人尽皆知的常识，旧时王谢堂前燕，飞入寻常百姓家。这也接近于美国人丹尼尔·贝尔在《资本主义的文化矛盾》中的说法，先锋消融于日常性之后，变成了文化范畴中的"中产阶级趣味"，这也是一种"天才的民主化"之后的症状。不管是哪一种理解，如果是从这样一个角度看，它就是值得的，或是势所必然的。

但在文化上，我认为还存在着另一个解释的可能，那就是文学本身运动规律的一种体现。也如陈思和先生在十多年前所解释的，是"从先锋到常态"的一种衰变。不可能总是存在一种作为先锋运动的文学景观，历史上作为运动景观的文学时代总是少数，大多数的时代文学的存在方式则是"孤独的个案"，写作者彼此并未有先在的默契，不大可能是彼此呼应，彼此为对方出生和出现的。他们之间的某种相似性更多的是被解释出来的。类似勃兰兑斯那样的解释方式，将之看成是一个长达半个世纪的整体性的、波澜壮阔的、"带有戏剧的形式与特征的历史运动"的看法，将之看作是一个巨大的、历史性的精神事件的观点，毕竟是少数例子，是黑格尔哲学的产物。

假如从这样的角度看，有批评家征引尤奈斯库的说法"先锋就是自由"，或是如余华所说，"先锋是一种精神"，都是对的。

他们表明，先锋作为一种价值范畴或者精神现象是常在的。但另一方面，先锋也无可争议地是历史范畴，是产生于一个时间段落中的特定的文学现象。它必须是物化的历史，而不止是一种共时态的精神价值。我之所以说它的"终结"，是在这样一个历史范畴的意义上来讨论的。

显然，先锋文学的消亡或终结，是源于历史本身的变动不居。在经历了世纪之交中国社会与文化的深刻变革之后，在信息时代和全球化背景之下，在新的文化民族主义思潮不断涌动的时代，以现代主义精神气质为引领的，以思想与形式的"难度"为追求的先锋文学运动，当然是不可持续的。20世纪90年代中期先锋作家写法的先后转型，早已预示了这一点。他们是敏感的，在现实环境变化之后，他们并没有刻舟求剑地坚持着原有的一切。

另一方面，更具"现实感"地来处理当今中国社会的现实，也是一个重要的命题。所谓"中国经验"在最近若干年中成为热门的话题，也是一个明证。作家必须对复杂的当下做出描述，而这种描述本身要求作家不能以哲学寓言的或是乌托邦的方式来呈现，而必须以与现实对应的方式来呈现。这也是导致当代文学的美学风格出现大面积转向的一个内在原因。

先锋去了哪里？我认为是幻形为了两个不同的替身或向度，一个是"极端写作"的一派，作为德里达所说的"文学行动"的极端写作；另一个则是变成了丹尼尔·贝尔所说的"中产阶级趣味"。由梵·高式的陌生化的创造，变成了赝品泛滥、出没于中产阶级客厅的"媚俗"或"媚雅"之物。

在先锋文学运动结束之后,原来这一阵营的作家并没有消失,他们仍在创作,他们的写作有变化也有守恒,所谓的"常与变"也是他们共同的命题。在我看来,他们有很多可贵的东西一直坚持下来了,但也出现了各自不同的调整。比如格非在强化了其写作的"知识分子性"的同时,也在美学趣味上持续转向,引入了《红楼梦》式的时间观与结构方式,经由《江南三部曲》,他变成了"中国故事"或者"中国美学"的典范。而余华在写出了具有"极简主义"风格的,刻意排除阅读难度的《活着》和《许三观卖血记》之后,又相继推出了更具有争议的《兄弟》和《第七天》。余华仍然坚持了他对于世界的荒诞而哲学化的理解,对于历史的反思性的认知,这种趣味在东西等相差"半代"的新一茬作家那里,似乎也得到了继承。他作品中的尖锐成分,与先锋文学的品相是相一致的,他的"萨特意味"或许已有些稀薄,而"加缪精神"则依然十分鲜明。

从这个意义上,我认为他们在精神上依然是先锋。如果有了这样两个维度,我想关于先锋文学的看法就应该是比较公允的。

先锋文学的精神根本上是与"五四"文学精神相传承的,它们的共同之处就是世界视野与变革精神。它们一前一后,改变了中国文学的面貌,使得她由古老和封闭的状态,得以成为能够与世界对话的文学,中国当代文学能够走到今天,没有与改革开放的思想运动相伴随的先锋文学的推波助澜与冲撞激荡,是不可想象的。

基于这样的一个思考,这本小书或许有一点点价值:就是可以针对先锋文学的运动终结之后的流变踪迹,有些许粗疏零星的观察；对于新潮与先锋文学的研究方法与路径，有点滴的思考与寻索；对于先锋作家在近些年中的创作，也有并不全面的追踪与分析。挂一漏万，只求隐约勾画一点路向与踪迹，也算是对我自己的一个安慰，对早年那些关于先锋文学的研究的一点点纪念。

谁是先锋，今天我们如何纪念

谁是"先锋"？这似乎是个很傻的，然而也是非常必要和难以回答的问题。今天的人们仿佛忽然意识到了它的重要，它的合法性，意识到了它之于中国当代文学历史的内在性与价值，并且在祭出"纪念"的口号与文章。但究其实，能够真正回到历史情境，在历史深处的艰辛与不易中来回忆和缅想的又能有多少呢？如同丹尼尔·贝尔在《资本主义文化矛盾》一书中指出的，当初的现代主义艺术，早已因为"先锋派的制度化"或者"天才的民主化"——多么精准的反讽式的概括——融入了消费之中，蜕变成了"中产阶级趣味"。那么，置身于今天的中产阶级情味的我们，又如何能够真正懂得、真正配得上对它的怀念呢？

显然，"先锋"或"先锋文学"是一个多重交叉的复杂范畴，很难用一个维度描述得清楚。先锋是一个概念，先锋是一种精神，先锋是一段历史，先锋是一伙人，先锋是一种或数种现象，先锋是一大堆重要的或试验的文本……它还涉及一大堆历史和理论的知识，涉及艺术手法和文体变化的急剧运动，涉及关于来源与背景、缘起与过程等等更大的一堆相关资料。最好的研究方法当然是用知识考古学的方式，对之做一个概念史加对象史的清理，但这一工程又委实繁复而浩大了些，我这里只能就一些基本线索与问题做一些梳理。好在关于它的使用与梳理在很多研究者那里已有繁多的谈论，笔者也就不用过分担心粗陋和以偏概全了。

一、广义的先锋文学

当我们将"先锋文学"的历史定位为"三十年"的时候，意味着我们将1985年当作了先锋文学运动发端的年份。如果从小说的历史看，这当然是有道理的，1985年正是中国当代文学全面变革的年份。之前虽然也有了王蒙、张贤亮等人为代表的现代派或者意识流的试验，但实在说，那些试验充其量还是局部的牛刀小试，还只是拘泥于形式，从作品的内在精神上并未达到现代派的高度，或者说，还没有真正现代主义的价值观和方法论，更谈不上真正现代主义的内容。只有到了1985年，以存在主义、精神分析、魔幻现实主义等等为思想和艺术方法的文学潮流才得以出现，当代文学的变革道路才真正开启。

但是在诗歌领域，这个进程却有更深远的轨迹，必须要稍作梳理。不止"先锋派"和"先锋诗人"的说法要早上十几年，而且在事实上的出现时间还可以更早——至迟在20世纪70年代初期，这种写作的倾向就开始出现了。白洋淀诗歌群落的主要人物根子在1971年就写出了足称得上惊世骇俗的《三月与末日》，这首诗从所达到的思想高度、复杂性、艺术上的难度与成熟程度看，上下二十年间可谓难有出其右者。十年后的1981年，吉林大学中文系的学生徐敬亚在他的学年论文《崛起的诗群》中，将"朦胧诗"派的主要人物称为"先锋诗人"。徐敬亚说,"他们的主题基调与目前整个文坛最先锋的艺术是基本吻合的。"① 这里"先锋"显然是当前文学的"前沿"或"开路者"之意。稍后在 1982 年,"先锋"一词作为一种方向和旗帜就已出现在诗歌中,这首诗即是骆一禾的《先锋》②,这里"先锋"之意显然不是出于对西方现代派诗歌的比附,而是对中国当代诗歌自身"使命"的一种体认。1988 年前后,"先锋诗歌"一词开始较多地为创作界和评论者所使用,徐敬亚在他的另一篇文章《圭臬之死——朦胧诗后》中将北岛、顾城、江河、杨炼、舒婷、梁小斌称为"引发全局的六位先锋诗人",朱大可在他的《燃烧的迷津——缅怀先锋诗歌运动》一文中亦将朦胧诗传统正式"追认"为"先锋诗歌"③。兹后,"第三代"的写作者也开始以"先锋诗人"自称。这样,"先锋诗歌"实际上便成了从"朦胧诗"到"第三代"的新潮诗歌的一个总称。

但这还不是全部,还可向前追溯到更早的证据。1972 年秋,插队白洋淀的多多等四位青年诗人,在圆明园搞了一次野炊活动,在大水法残迹前合影一张,"戏题曰:四个存在主义者"④。这或许是"存在主义"一词第一次在当代中国文学中的登台亮相,

---

① 该文完成于 1981 年 1 月,原载辽宁师范学校校刊《新叶》1982 年第 8 期,后经删改发表于《当代文艺思潮》1983 年第 1 期。

② 该诗最早见于北京大学"五四"文学社未名湖丛书编委会,老木编选《新诗潮诗集》(下),该书后记表明编成时间是 1985 年 1 月 31 日。在西川选编的《骆一禾、海子兄弟诗抄》一书中,该诗标注的写作时间为 1982 年。原诗为:世界说需要燃烧/他燃烧着/像导火的绒绳/生命属于人只有一次/当然不会有/凤凰的再生……//在春天到来的时候/他就是长空下/最后一场雪……/明日里/就有那大树常青/母亲般夏日的雨声//我们一定要安详地/对心爱的谈起爱/我们一定要从容地//向光荣者说到光荣。

③ 原载《文学研究参考》(内部)1988 年第 6 期,《鸭绿江》1988 年第 7 期。

④ 见《上海文学》1989 年第 4 期。

这一登台亮相无可争议地可称得上是一种"先锋文学"姿态。另据唐晓渡文章,"先锋派"作为一个艺术流派的说法,也可以追溯到"1973年初某日……芒克和号称'艺术疯子'的画家彭刚决定结成一个二人艺术同盟,自称'先锋派'"。这大概是"先锋"一词在当代首次被用于艺术命名。但假如从文本的角度看,比之更早的是一群一直未被写入"正史"的"贵州诗人群"。他们比白洋淀群落更早写出了令人震惊的作品。关于这个群体的构成,目前可靠资料尚少,其主要成员哑默这样描述了该群落的一些情况:

> 贵州……潜流文学的崛起,其历史久远,足足有半个世纪,绵绵不绝——且不谈民刊,仅至今仍独立于主流之外、拥有自制诗集的,随便一数就有十几、二十位潜流诗人!伍立宪、黄翔、哑默、路茫、方家华、莫建刚、梁福庆、吴若海、李泽华、王刚、王强……

在更早的一篇文章中,关于20世纪60年代活跃于贵州的地下诗人他还有更详细的介绍:

> 六十年代中后期,贵州一伙青年诗人及文学艺术爱好者黄翔、路茫、哑默、曹秀青(南川林山)、孙唯井、肖承泾、李光涛、张伟林、周喻生、郭庭基、白自成、江长庚、陈德泉……就经常聚在一起,在"文革"的一片"赤色风暴"中对文学、美术、音乐作顽强的自修、探索与创作。当时环境极其险恶,在一个废弃的天主教

堂里……黄、路、哑等对人文学科，特别是诗歌作全面的研讨和创作。当时他们的此举得以存在的原因是社会上派性夺权大战，各派无暇顾及社会上的"渣滓鱼虾"。在六十年代，黄翔创作了诗《火炬之歌》《我看见一场战争》《白骨》《野兽》，散文诗《鹅卵石的回忆》和诗论《留在星球上的札记》等，哑默写了诗《海鸥》《鸽子》《晨鸡》《谁把春天唤醒》《大海》及短篇小说《小路》《檬子树下的笔记》等，那时黄翔曾多次冒着生命危险在青年中朗诵《火炬之歌》。此类聚会常通宵达旦，有时是在郊野举行。

但是与"白洋淀诗群"的命运不一样，这个"贵州诗人群"迟迟没有得到学界的认可，其中原因当然首先是由于资料的匮乏，其次，文本的传播事实和影响力也是重要的原因。在贵州诗人群中，除了黄翔和哑默的作品有一定传播并产生较大影响外，其他诗人的作品流传甚少，因此难以构成规模。另外，文本的"可证性"也是一个重要因素，如果不能有效地证明某些作品的创作时间和传播事实，作为文学史研究便很难被纳入到视野中。因此某些质疑、包括对白洋淀诗歌的质疑也都是有道理的。但是，不管怎样，贵州诗人群总体上作为历史事实是可以查证的，这方面倒是一位西方学者安德瑞奥·杰·爱默生做了十分细致的工作。根据手头这份英文资料，我们可以确证以黄翔、李家华、莫建刚、方家华等八人主编的油印杂志《启蒙》的印制时间、人员构成、在北京的张贴和朗诵活动等①。此外，从1978年10月18日北岛（署名赵振开）给伍立宪（哑默）的一封信中，也可以看出以黄翔为代表的贵州诗人群在北京的活动给北岛带来的震撼和启发：

> 看到《人民日报》社门口以黄翔为首贴出的一批诗作，真让人欢欣鼓舞，这一行动在北京引起很大的反响，有很多年轻人争相复抄、传阅，甚至有不少外国人拍照。从过去你们给艾青的信中，知道黄翔等人和您的朋友，期望得到你们的全部作品（包括诗歌理论）。
>
> 总之，你们的可贵之处，主要就是这种热情……

在随后的另一封信（未见时间，但可以确认是在1978年底《今天》创刊之前）中，北岛又说：

> 由于你们的鼓舞和其他种种因素，我和我的朋友们正在筹备办一份综合性文艺刊物（包括小说、诗歌、散文、剧本、文艺评论和翻译作品等），希望能得到你们的大力支持，说准确点儿，我们是互相支持，对吗？请尽快帮我们筹集一批稿件寄来，越快越好！目前我们最缺的是短篇小说、剧本，当然对你们来说，主要是诗歌。你们的诗歌已经震动了北京，就让北京再震动一次吧。
>
> 《启蒙》尚未收到，大家都在催问……

---

① 宋海泉：《白洋淀琐忆》，《诗探索》1994年第4期。

两封信倒推可以表明：第一，贵州诗人群确实在1978年底《今天》创立之前就存在，且更早创办了诗歌民刊《启蒙》；第二，贵州诗人群在北京的张贴朗诵活动不只属实，而且给北岛等人带来了启发，催生了《今天》的诞生。基于这些原因，他们确应被视为早期朦胧诗的另一源头和重要组成部分。从这个意义上，唐晓渡在20世纪90年代初编纂的《在黎明的铜镜中：朦胧诗卷》用了黄翔的一首《独唱》[①]作为开端，应该是合适的。

与贵州诗人群几乎同时，"文革"时期在北京活跃的若干个"地下沙龙"也是应该追溯的源头，因为他们更直接地启示了食指的诗歌写作和白洋淀诗歌群落的出现。据记载，在1972年至1974年，北京文艺沙龙进入了它的黄金季节，在短暂的两年内形成了较有规模的现代主义诗歌运动，这一探索在1973年达到了高潮。所谓"沙龙"，是这个年代具有私人性和私密性的思想空间的比喻性说法。仅据《文化大革命中的地下文学》一书记载，"文革"时期活跃于北京的地下沙龙就有这样一些：

1. 以牟敦白为核心的沙龙，主要活动于1965至1966年期间，主要成员有郭路生（食指）、王东白、甘恢里、郭大勋等，以诗歌创作为主。

2. 以郭沫若之子郭世英为核心的"X小组"，主要活动于1968年前后，该小组以思想活动为特点，讨论涉及时事和重大政治问题。

3. 以张郎郎、董沙贝、张文兴、张新华、于植信、张振洲、张润峰等主要成员的"太阳纵队"，活动时间很短，但影响很大。

---

① 唐晓渡：《芒克：一个人和他的诗》，《诗探索》1995年第3期。

4. 以回城知青黎利为核心的"地下文艺沙龙",活跃于1969年冬天到1970年,在这个沙龙中曾诞生了广有影响的小说《九级浪》(毕汝协)以及《逃亡》(佚名)等,这些作品明显与时代的主调不相符合。

5. 以赵一凡为核心的"地下文艺沙龙",大致活动于1970年以后。赵一凡与大多数知青出身的沙龙核心不同,他生于1935年,父母为高级知识分子,其本人自幼多病,曾长期卧床,靠自学成材。因为年龄较大,他的思想十分成熟,所以有很大影响力。他主要以传播西方文学与哲学书籍为渠道,影响周围青年。

6. 1972年前后在国务院宿舍、铁道部宿舍活动的,以回城女知青徐浩渊为核心的地下沙龙,成员众多,主要任务为画家彭刚、谭小春、鲁燕生、鲁双芹等人,还有后来成为"白洋淀诗人"的岳重(根子)、栗世征(多多),以及已然在圈子中负有盛名的依群,它后来对催生"白洋淀诗歌群落"产生了直接影响。

除上述集体活动的思想性群落,该书还提到了一些异端与另类人物,如李坚持、刘森等,据称这些人大都留有另类的外表,擅长艺术或学为杂家,有神经质的气质,甚至具有"职业革命家"的风度。他们通常也以文学与艺术为媒介,向周期青年传播思考人生、不满现实的异端思想。

至此,在诗歌领域中的先锋运动的源头大致梳理出了一个轮廓,但还须专门提到的是在20世纪60年代中后期产生较大影响的郭路生,即食指。他写于1965年的《海洋三部曲》、1967年的《鱼群三部曲》、1968年的《相信未来》和《这是四点零八分的北京》等诗,都在当时产生了较大影响,并且直接启示了白洋淀诗群成员和北岛等人的写作。

二、狭义的先锋文学

谈到"狭义的先锋文学",笔者以为一个学术难题随之出现了,因为关于这一狭义指称似乎并无一个清晰的和可追溯的概念史,要梳理清楚它十分困难。在早先的批评实践中,它几乎被所有批评家不加界定地使用。但不管怎么说,确乎有一个出处——这便是1988年10月,由《文学评论》和《钟山》杂志在无锡联合举办的"现实主义与先锋派文学学术研讨会"。在这个会议上,"先锋派小说"作为一个学术概念正式得以确立,并且所涵盖的作家也渐渐集中到了余华、苏童、格非、叶兆言、孙甘露等人身上。但遗憾的是,作为学术讨论本身,这次会议的基调似乎并未给予其所指称的先锋作家以充分肯定。

随后的若干年中,对于"先锋文学"或者"先锋派"的指称与说法,确乎是较为混乱的。真正学术性和谱系性的阐释,大约还要数陈晓明的《无边的挑战》一书。在该书中,他以年轻而充满勇气的论述,摆脱了欧洲现代主义文学运动以来卢卡契和阿多诺关于"先锋派"文学与资本主义文化之间的奇怪关系的不同的经典论述,对当代中国的先锋派文学做了"后现代主义"的文化定性与阐释。不管这个定性是否客观,他的谱系学的梳理却是有效的。他的基本思路是从中国当代自身的文化逻辑出发,认为当代中国也正经历一个"历史的转型"。这正是当代文化从20世纪80年代的现代主义追求,向着后现代主义转化和迈进的一个必然逻辑。基于此,他梳理了这个先锋运动的几个阶段或者波次:

"文革"记忆给予"大写的人"提示了历史起源之

后,在"新时期"讲述的现实故事中被遗忘了,现在"新时期"的神话也已枯竭,封存于现实想象关系之下的"记忆"又要恢复,当然,它是以非常隐秘的和奇特的形式来显灵。1986 年至 1987 年,马原、洪峰、残雪各以不同的方式提示了过渡时期的经验……

我们称之为"先锋派"的那个创作群落(他们主要包括:苏童、余华、格非、孙甘露、叶兆言、北村等),是在 80 年代后期步入文坛的,他们不仅面对着"卡里斯玛"解体的文明情境,而且面对着"新时期"危机的文学史前提——这就是他们无法拒绝的历史和现实。与其说他们从这个历史前提找到新的起点,不如说他们承受了这个"前提"的全部压力而仓皇逃亡。他们与这道前提的关系天然地是对抗的,背离的,他们注定了是"新时期"的叛臣逆子。

在这一意义上,80 年代后期崛起的创作群落可以称之为"晚生代"——这一指称实际并不仅仅指"先锋派",它同样适用于"新写实主义"那批青年作家,如刘震云、刘恒、李晓、李锐、杨争光、池莉、方方,乃至畅销小说写手王朔,以及其他不入流的后起之秀。①

许多年过去再看,这个谱系的划定或许会有明显遗漏或者颠倒。比如 1986 到 1987 年的这个区间,还可以前推至 1985 年,因为构成小说界的根本性变革的文学潮流,确乎发生于 1985 年,

---

① 何平(日):《哑默先生访谈录》,《蓝·BLUE》(日)2002 年第 1 期。

成员还可以包括扎西达娃、莫言、徐星、刘索拉等。从某种意义上说,扎西达娃比马原写得要内在,手艺也要好得多。作为寻根小说的"局外人"然而也是集大成者,莫言稍后爆发出了更为强大的艺术冲击力。所谓的"晚生代"的谱系也稍有参差,所指的王朔、刘恒、李锐、李晓、刘震云等人的年纪普遍比"先锋派"的年纪要大得多。不过从大的文化逻辑上,这个论述却是清晰的,可以有效地诠释出先锋文学与当代中国文化逻辑之间的呼应关系。它至少表明:第一,明确以谱系学的视野界定了先锋派的同道、前身与后事;第二,非常敏锐地指出了他们与所谓"新时期文学"之间的分离关系,这意味着他们开始真正具有了独立于意识形态规定性之外的品质,在文化上的自觉与新质;第三,关于先锋文学的"实"与"虚"的含义都做了阐释,实是落实到人,虚则是投射了背后的脉系和文化。从文化关系上找到了解释先锋文学的根基与关键。以上三点对于先锋文学的谱系学梳理非常关键。不过,在笔者看,似乎还可以有更靠近文本与标志性作家的更精细的推敲,在1997年出版的《中国当代先锋文学思潮论》一书中,笔者又做了这样的界定:

> "新潮小说"的主要流向大致有三种,一是以马原和扎西达娃为代表的描写西藏宗教风俗的一支,具有强烈而"先天式"的"魔幻现实主义"和"超现实主义"倾向。二是以莫言为代表的表现传统民间文化和农业自然的一支,同样表现出鲜明的民间性的原始、灵异,以及魔幻的意味,但更加突出了感觉和潜意识的作用。另一个青年女作家残雪,则以特别阴冷诡谲的叙述专注于

对人的变态心理与无意识活动的描写，显示了弗洛伊德主义和存在主义的深刻影响，他们两人的共同特点是标志着当代小说摆脱传统的理性控制下的认识论叙事，而走向了反理性的"感觉主义"叙事的转折。三是被称为"荒诞派"的一支，以徐星、刘索拉等人为代表，他们的作品不但最先"通过'荒诞'而揭示了'存在'的状况"，而且从内容和风格气质上也显示了对传统价值的全面挑战与瓦解。"新潮小说"有两点特别应值得注意，一是它与"先锋小说"的概念已相当接近，人们通常指称的"先锋小说"的第一批作家如马原、莫言、残雪等，就是随着"新潮小说"出场和成名的；二是种种迹象表明，"新潮小说"已显示出先锋文学思潮从启蒙主义主题向存在主义主题过渡的趋向。此外，新潮小说同寻根小说的部分交叉也是明显的，如韩少功的"湘西系列"、王安忆的《小鲍庄》等都带有新潮小说的超现实特征，而马原和扎西达娃的西藏系列小说也同样具有浓郁的文化寻根意味。这都清楚地表明了先锋文学在80年代中期的过渡与转折迹象。

这段话的要点有这样几个：一是1985年的新潮小说的几个流向都可以看作是第一波先锋小说运动；二是从思想内涵看，新潮小说在内在思想与精神上已显示了"从启蒙主义到存在主义"的逻辑过渡；三是新潮小说与寻根小说之间存在着密切的"连体关系"。不仅如此，笔者还接着分析了先锋文学内部的几个分支，包括互相联系的三个脉系：新历史主义的一支、关怀终极的一支、

思索当下生存的一支:

在1987年出现的……"先锋小说"思潮……中,存在着两个共在的分支,一是"新历史主义"的一支。何为"新历史主义"?简言之,即反拨并容纳了结构主义的历史主义。结构主义的方法使它打破了传统历史主义关于"历史真实性"的神话,认为历史不过是某种"文学虚构"和"修辞想象",而存在主义的启示则使它形成了个人与心灵的视角,认为历史不过是"一团乌七八糟的偶然事件",真正重要的只是"人的历史","从现时代来看","它是一个舞台,从这里神性的存在得以被揭示",而要想揭示这一切,则需要立足于"人性","把历史变成我们自己的",变成"主体与历史的对话"。苏童、格非等人的"家族历史小说",过去年代的"妇女生活"小说,叶兆言的"夜泊秦淮"等历史风情小说,以及晚近的莫言的《丰乳肥臀》等长篇,都是这一新的历史观念与思潮的产物。在这一观念的外围,更是出现了大量的"新历史小说"文本。归根结底,"新历史主义"不再像寻根小说那样将匡时救世、"重铸民族精神"作为自己不能承受之重的使命,而将历史变成了纯粹审美的对象,变成了作家人性感悟与文化探险的想象空间。

"先锋小说"的另一支是面对当下生存情状的寻索者。其基本的写作立场来源于存在主义哲学的启示,从80年代中期的残雪到稍后的马原,以及跨越80、90年代的余华、格非、孙甘露等,基本上都是以"寓言"的形式写人的生存状态,如马原的《虚构》、格非的《褐色鸟群》《傻瓜的诗篇》、余华的《现实一种》《世事如烟》,甚至其长篇近作《许三观卖血记》(1995)等作品,都是一些类似于卡夫卡、加缪、娜塔丽·萨洛特式的存在主义寓言。从叙事角度看,它们除了隐喻式超现实叙述的特点之外,又较多地受到结构主义叙事学的影响和启示,所谓马原式的"叙事圈套"和格非式的"叙事迷宫"都是典范的例证。

在先锋小说的旁侧还有另一个曾一度兴盛的创作思潮,这就是"新写实"。尽管从严格意义上说,"新写实"并没有明显的先锋性,而是80年代后期先锋文学思潮同正统观念以及当下现实采取某种妥协和亲和态度的"私生子"。它有"写实"的特征,但其表明的哲学与文化立场却不再是社会学与认识论,而是存在主义与现象学,其所要力图表现的是当下人的生存境遇和关于个体生存价值的存在意识。因此新写实与先锋小说之间,实际上又存在着密切的亲缘关系。人们所指涉的典范作家除了池莉、刘震云等人之外,叶兆言、方方和刘恒等实则更近乎先锋作家的写作姿态。另一方面,苏童等人也写过一些"新写实"作品,如《离婚指南》之类,其长篇《米》亦曾作为新写实小说的例证而广为评论。事实上,在相当长的一段时间里,评论界曾将"新写实"视为先锋小说的"转向",并将两者视同一个思潮和现象,这也旁证了它们两者密切的关系。

1993年而后,是当代文学思潮与运动整体停滞、瓦解和调整的时期。

笔者所持的看法与先前陈晓明教授的界定，可谓有明显的承袭关系，此处要借机表达一下对他的敬意。之所以花了这么多的篇幅来"厚颜无耻"地"自引"，主要还是要省点力气，因为即便是现在笔者要重新予以定义，大致也还会是重复这个说法，因此只好再将旧话拿来充数。这里我要再次强调的是，在笔者看来，"狭义的先锋文学"如果只是在小说的意义上，那就是指分别于1985年和1987年崛起的两波小说运动，前者是"新潮小说"与"寻根小说"的结合体，后者是"先锋派"与"新写实"的双胞胎。这个小说思潮或者运动大致是从1985年到90年代中期，大约持续了将近十年时间。至90年代中期，随着社会与文化的转型而逐渐沉落，其标志是思想界的"人文精神讨论"的爆发，它表明先锋精神内部出现了明显的迷失、疲惫、分化与哗变，但其创作"实绩"在长篇小说领域里则一直延续了若干年，并催生了整个90年代的长篇热。假如它还有"余绪"的话，那么在90年代中期出现的"新生代"等现象也还可以划入其中，但到世纪末的青春写作、类型写作等大众文化范畴的文学出现之时，先锋文学也就彻底终结了。

当然，话题至此，不免又有人会问：这个所谓的"新潮小说"的爆炸景观又是从哪里来的，是飞来之物吗？当然不是，它即便没有一个"前身"，也一定会有一个"前缘"，这便是80年代之初的"意识流"与现代主义问题的讨论，是这个看起来并不彻底的、小心翼翼和缩手缩脚的前缘为后来的先锋文学开辟了道路。虽然还只是方法意义上的、零碎的和浅尝辄止的，但没有这个初步的试验，1985年文学全面的爆炸与变革是难以想象的。关于这一前缘的来龙去脉，前人的梳理已有很多，限于篇幅，这里就不再重复了。特别建议参考的是刘锡诚先生的一篇文章《1982：现代派风波》，作为当事人和同时代的见证者，该文对于上述两个现象有特别生动的回顾。要进一步爬梳小说领域中的先锋思潮与流脉研究者，值得细读和参照。

三、先锋文学的精神与艺术遗产，以及我们如何纪念

关于先锋文学的讨论，笔者一直秉持一种"连续的历史"以及对其背后的思想脉络的梳理——即对"先锋文学思潮"的研究视角。为此，在1997年出版的旧作《这个当代先锋文学思潮论》中，我将先锋文学的流脉进行了比较漫长的回溯，将其发端的阐释延伸到了60年代的历史黑夜之中，即"'文革'中的地下写作时期"；其终结则在恰好是该书写作的年代，即90年代的中期，以刚刚沉落的人文精神讨论作结——我将之描述为"先锋文学思潮的分裂与逆变"。同时，在先锋文学的内在精神脉络方面，笔者还冒失而不自量力地架构了一个"从启蒙主义到存在主义"的思想逻辑，试图以此来诠释其"上升中包含着下降"的内在价值与精神走势。虽然以笔者微薄的学力根本无法完成这样的阐释，但这么多年过去，这个逻辑从宏观上着眼还是立得住的。关于这些笔者就不重复了，这里要清理和讨论的是，先锋文学的艺术与精神遗产究竟是什么、我们应该如何纪念，等等这样的问题。这是我们今天以所谓"三十年"的名义纪念先锋文学的意义所在。

首先是先锋文学的精神遗产问题。在笔者看来，先锋文学最

重要的精髓依然是启蒙主义的思想与激情。这个启蒙主义当然是复合着思想、观念、价值与方法各个方面。在早期是"社会启蒙",即呼唤对于人的尊重,这一精神催生了"前朦胧诗""今天派"以及早期现代派与意识流小说的出现,主题是反抗专制、呼唤人的基本价值;在稍后是"文化启蒙",即试图从文化的根基上来探寻中国当代历史的悲剧根源,探寻文化与价值的重建,这一思潮孕育了80年代中期的寻根与新潮小说,诗歌中的寻根主题与"史诗热"。显然,启蒙主义对于当代中国的文学来说是一个标准的"历史范畴",即随着时代的延迁而不断变化。但其作为"文化实践"则只有一个功能,那就是对于公众思想的启迪和唤醒。从这点上,即便是"现代主义"的艺术主张下,作家所持有的思想精髓和所生发的精神价值,依然是类似启蒙主义的。所以笔者早在1995年就提出了一个"启蒙主义语境中的现代主义选择"的问题,认为80年代前期中国文学在艺术上是试图走向现代主义,在思想价值方面则依然怀抱强烈的启蒙主义情结。这个启蒙主义当然是对于人的基本价值的呼唤与凸显,对于当代历史悲剧的根源以及文化与价值重建的路径的探寻。从今天的角度看,当代文学中的普世的、人文主义的精神价值,正是这个时期的先锋运动所建立起来的。

先锋文学的第二个精神遗产,是个人本位价值的建立。我在《中国当代先锋文学思潮论》中曾将之称为"存在主义"。当然,从哲学角度看,先锋文学作品中的确贯穿了萨特式的个人主义观,充斥了关于存在于死亡、生存与荒谬的主题的探寻,在许多诗歌作品中更是不乏存在本体论意义上的存在主义哲学思考。但是从文学的角度,先锋运动所呈现的,是属于这个当代的文化与价值转型的逻辑，用克尔凯戈尔的话说即是"个人从群众中回了家，变成单独的个人"。在他看来，"群众乃是虚妄"，因为"事实上为真理作判断的公众集会已不复存在"，与其去迷信"抽象的、虚幻的和非人格的群众"，不如"去尊重每一个人——确确实实的每一个人"，"这乃是敬畏上帝并爱自己的'邻人'的含义"，"是绝对地表现了人类平等"。这一价值转换对于90年代的中国人来说，既是不得已的，同时又是一个巨大的进步。在先锋小说中，晦涩的表达，充满难度和争议的叙事中给予当代中国文化的最重要的贡献，其实还是帮助并且参与了这种新的价值观的建立。虽然迄今为止也不能说中国人的哲学方法已然抵达了存在主义的黑暗而睿智的境地，但是正像萨特所辩解的，"存在主义是一种人文主义"，至少个体本位的价值对于一向忽视个体的中国人来说，是其基本价值的一个必要提醒和重要补充。

上述两个基本价值，既是一前一后的两个阶段，两个联系而又区分、交融而又悖谬的逻辑上的兄弟，同时也是当代中国文学精神的核心价值与精髓所在，是其进步与生发、蜕变而成熟的动力所在。如今，回想当初那些先锋运动的推动者，那些业已经典化或者沉睡在历史尘土中的文本的作者们，那时还不过是一些看起来初出茅庐的年轻人。可是他们在二十多岁的时候已经完成了作为历史变革的关键推动者的使命。而在这场文学运动结束之后的很多年里，写作者却只是学会了消费与撒娇，连手艺也几乎沦落到了浅薄和幼稚的境地，这是颇为令人悲哀的。

这就说到了"艺术的遗产"，对于先锋文学来说，它在艺术上最重要的贡献之一，是曾经被指斥为"形式主义"的叙事冒险与文本试验。对于早期试验的部分作家来说，确乎存在着形式至上的问题,像马原,他用他创造的"叙事圈套"捉弄了多少无辜的读者。或许有人会用"叙述游戏"这样的说法对他加以指摘,但这是在形式的变革悄然实现之后的说法。试想,在1985年以前中国的作家几乎都只具有最基本的常规叙事能力的情况下,马原的小说即使只是一种叙事的智力游戏,那也堪称是伟大的创举,因为他揭开了中国文学变革的又一张实实在在的沉重铁幕。而在扎西达娃的西藏题材的小说中,他对于魔幻和超现实的手法的使用,早已与他所理解和传达的佛教与藏文明本身的理解完全融为了一体,变成了相得益彰的互为表里。而在20世纪80年代末余华、苏童和格非创作的第一批先锋小说那里,叙事的难度与思想的难度也完全构成了必要的内外关系,变成了"五四"新文学诞生以来真正可以与世界文学对话,可以与之产生阐释关系的作品。直到今天,类似余华的《现实一种》《一九八六年》《鲜血梅花》,苏童的《红粉》《妻妾成群》,格非的《迷舟》《褐色鸟群》这些作品中的许多,还完全能够经得起严苛的细读,并且已成为了新文学诞生以来真正的经典。这种追求难度的写作虽然在90年代被放弃了,但是作为一种叙事经验和能力的获得,这代作家得以站立在了文学的制高点上。某种意义上可以说,《活着》《许三观卖血记》这样的作品在艺术上的"合法性",正是源自余华早期那些极具难度的叙事的证明与馈赠——只有写出了"极难"的故事,其"极易"的叙事才显得有存在的理由与价值。

先锋文学的艺术遗产当然还不只是这些,它的高扬和激荡的创造激情直接推动了当代中国文学的变革和成熟,特别是推动了90年代以来长篇小说文体的发育与创造。1987年出版的莫言的《红高粱家族》可以说开启了长篇小说文体变革的进程,它以对叙事的时间顺序的颠覆，彻底瓦解了"写实主义"的叙事逻辑，破除了进步论历史的叙述框架。而90年代渐次涌现的重要的长篇作品如《活着》《九月寓言》《废都》《白鹿原》《许三观卖血记》《长恨歌》《丰乳肥臀》……以及世纪之交以来问世的《花腔》《檀香刑》《人面桃花》《受活》《生死疲劳》《兄弟》，这些新文学诞生以来最重要的收获，无不是缘于先锋文学运动的推动和启迪。

总结这些遗产，显然需要更加耐心和学理的讨论，需要更大的容量与篇幅，而我这里只能是粗略而粗糙的概括。但此刻，更让我无法不倾吐的是作为一个缅怀者的感慨，因此，请让我再引述一下2014年笔者的旧作《中国当代先锋文学思潮论》的修订版自序中的一段话：

> 或许当代中国的作家们是值得赞美的，虽然这个时代并没有最终成为一个"需要巨人并且产生了巨人的时代"，我们也没有类似俄罗斯白银时代群星璀璨的众多的伟大作家，没有像别尔嘉耶夫在他的《俄罗斯思想》中所赞美的，有着那众多充满着"令人喜悦的才华"的、同时还有着对于俄罗斯国家和人民的"无原则的爱"的知识分子，甚至也没有出现鲁迅那样具有非凡的人格力量的现代作家——我们当代的作家与诗人中，单就人格形象来说，确乎有着种种的不足与缺陷，但是从他们的文本出发，我还是每每读出了至为可贵的东西——这就是他们对于人文主义的苦苦寻觅，对于传统文化与现代历史的理性思考与痛切反思，甚至对于当代历史与现实

的秉笔直书……尤其是在2012年莫言获奖之后，这种感觉更加强烈地得到了印证。我以为，单面地和简单地看待当代文学，先入为主地"人格化"地理解当代作家的思维习惯可以休矣。由于特殊的历史原因，当代作家确乎缺乏完善的知识系统，缺少历史上类似鲁迅那样有过海外留学经历、有着不容置疑的精英身份的背景，但在文学写作的实绩上，在其文本构造的复杂性上，在艺术形式的探索和建构上，都有着独步的东西，其"中国经验"的生动敏感的程度，其复杂丰富的含量，等等，都有可圈可点之处。"从鲁迅到莫言"，我以为应该是一个完整的谱系。而莫言这样的作家，正是中国当代先锋文学运动所结出的正果之一。

基于这样的一个判断，我认为，无论怎样，中国当代文学，中国当代的先锋文学运动是值得我们纪念和书写的，它不只是改变中国文学自身的轨迹，续接了"五四"文学的光荣传统，同时也创造出了一个属于它自己的黄金时代，创造了属于当代中国的一个文学神话——在思想与艺术上，或许中国当代文学一直在伺机前进，但是真正的飞跃与飞行的体验，还是属于这个业已消逝的年代，属于那些曾经为之癫狂和奋斗的作家们。而今，他们所披荆斩棘筚路蓝缕开拓出的道路正成为我们脚下的坦途，他们所精心创构的文体与艺术也正成为我们心中的经验与常识，就像骆一禾的诗中所歌唱的，"明日里，就有那大树常青，母亲般夏日的雨声"。"那长空下的最后一场雪"早已融化，成为滋润着今天人们的露水，但在我们享用着这一切的时候,必不能忘掉的,就是对于他们的理解、书写和怀念。

这也是历史良知的体现。①

从"五四"以来新文学历史的整体看先锋文学,应该是一个好的视点。十分巧合的是,至 2016 年,新文学也将迎来一百年的纪念,三十年和一百年,这种关系似乎也有某种戏剧性和宿命性在起作用。在中间数十年的曲折与回流、动荡变迁之后,新文学在最近的三十年中又重新续接了它原初的某些意志。所以,从大的历史逻辑上看,作为一个运动或者思潮,中国当代先锋文学在根本上是对于"五四"现代性价值的一个重新确认,也是一个更为迫切的当代实践。因为从 20 世纪 40 年代开始,中国文学曾经历了一个"民粹主义加民族主义"的收缩与偏离期,这两者固然不能简单地当作是文学发展的阻遏因素,但在半个多世纪的世界格局大变迁之后,中国文学在 70 年代末终于彻底走入了封闭的绝境,并再次面对了一个与"五四"文学近似的处境。只不过这种重新确认中包含了某种更可悲的下降——从鲁迅《狂人日记》中的"救救孩子",到刘心武的《班主任》中"救救被'四人帮'坑害的孩子",其认知差异和思考高度的落差可见一斑,从"人的文学"到"政治的文学"之坠落的轨迹是如此明显。由于同样的原因,无论是"伤痕""反思"还是"改革"文学,都没有真正开启中国当代文学的变革步伐,没有为当代文学全面的精神重建与价值恢复提供有效的通道和动力。

---

① 哑默:《中国大陆潜流文学浅议》,《方向》1997 年。

所以,"先锋文学"的意义就是在这样一个历史契机中显现出来了。没有一个历史的眼光和情怀,我们今天是无法理解先锋的含义,也无法获得追索和怀念的意义的。不要说读者,即便是当初的那些曾经筚路蓝缕披荆斩棘的先锋派的作家们,他们的"身份"在文化上也早已历经了一个深刻的蜕变。正如我在开头所引的丹尼尔·贝尔的话,不止是因为大众文化业已获得了统治地位,先锋艺术已沦为一种消费性的"中产趣味",从作家和艺术家自身来说,也历经了"天才的民主化"的戏剧性衰败。昔年的叛逆者和文化英雄,如今早已成为了文化身份上日渐暧昧的人物。他们的创作在艺术上的纯粹性、先锋气质,思想上的引领价值,特别是在"人格意义"上的实践性与见证性,都已经变得十分稀薄和可疑。这时,先锋文学的思想与艺术的资本与价值,也必将面临可悲的弥散和遗失。

因此,最后我们还是无法不回到骆一禾在1982年的预言:他认为有一天先锋文学必将胜利,深入人心,但又踪迹全无。"在春天到来的时候／他就是长空下／最后一场雪……／明日里／就有那大树常青／母亲般夏日的雨声。"冰雪融化为水声与雨声,最后融入了土地和人心,变成了生机葳蕤的生命与世界,这是先锋的意义之所在。它不一定要成为石头的纪念碑,但是一定会留存在文学中,在人心里。所以诗人又预言:"我们一定要安详地／对心爱的谈起爱／我们一定要从容地／／向光荣者说到光荣。"今天我们要述说他们的光荣,述说我们的爱,安详而从容地,而不是愤激与欲言又止地。

然而,富有另一种寓言意义的是,这位早有预见的诗人却早不在了,与先锋诗人海子一起,消失于更早的二十六年前。这让我耳边又想起了老作家施蛰存先生早年的一篇叫作《怎样纪念屈原》的小文中所说，大意是，每一代人都在纪念上一个时代的屈原，并且制造着自己时代的屈原。他说，"如果我们真能了解屈原，真在衷心地纪念屈原，我们第一要决不把他看作一个诗人，第二要赶紧使现代的屈原不再自杀。愈把屈原标榜作我们的民族诗人就是愈侮辱了屈原。""只管纪念死了已久的屈原而不去援手一个快要自杀的屈原，就是<u>丝毫没有纪念屈原</u>。"施蛰存不愧是心理分析的大家，他把每个时代的人都琢磨透了。

当然，我们的时代已不可能再制造屈原那样的冤案。但是回首历史，更切近地去体味当初那变革的不易，却是每一个先锋文学的纪念者所必须持有的态度。

2015年10月20日午，北京清河居

关于先锋文学答问

去年十月,在《文艺争鸣》"纪念先锋文学三十年"的专辑中,笔者关于先锋文学的历史和外延,已做了一些粗疏的梳理;年末我们又与《文学评论》杂志联合举办了"纪念先锋文学国际论坛"。与会者对这一话题做了颇为深入的对话和讨论。但奇怪的是,关于这一话题我们仍会听到一些奇怪的谈论,比如先锋文学经典化为时尚早,先锋文学压抑了现实主义文学,先锋文学在青年一代这里已不再有市场,等等。这些说法当然部分地道出了一些现象,但在媒体那里,则是将客观陈述的甚至表达忧虑的,也堂而皇之地以正面倡扬的方式予以放大,致使关于先锋文学的理解与评价又有了更大的歧义。

在笔者看来,不论是现象的问题还是看法的问题,关于先锋文学的一些基本认识,都有进一步澄清的必要。因为这不止事关当代文学的历史,更关乎它的现在和未来。如何理解作为遗产的先锋文学,不止左右着今天人们对于文学的方向、趣味和标准的看法,也会深远地影响着它未来的道路。基于这些考虑,我这里不揣啰唆,耐不住又借了一些朋友的问题再来说几句,并非为谁辩护或张目,而是为了再引起大家的思考,以更进一步厘清事实。

1. "先锋文学"的概念是舶来品吗，究竟应该怎么理解？

"中国当代先锋文学"是个本土性的、独有或者专有的词汇，虽然它深受西方现代派文学、意识流、六七十年代而下的魔幻现实主义、法国新小说等等的影响，但我又不认同它只是西方文学渗入的产物。对此我在将近二十年前的《中国当代先锋文学思潮论》中曾探讨过它的起源，认为是源于"文革"时期地下状态的启蒙主义写作。"先锋文学在当代中国首先是启蒙主义思想运动的产物"，在早期它的核心无疑是人道主义，在20世纪80年代中期以后则逐步置换为类似存在主义的主题——"存在主义也是一种人道主义"，这是萨特的说法[1]。我的意思是说，"先锋文学"在当代中国首先是本土性的范畴，它不止局限于1985和1987年两个波次的小说新浪潮，而是根源自60年代、断续隐现于70年代、并终于在80年代全面浮出地表的一场波澜壮阔的思想启蒙与文学变革，是与"五四"新文学遥相呼应的、部分重合的一场文学运动。关于这一点，我希望能够成为知识界和批评界的共识，否则就不会有一个历史的和客观的看法。在近三十年中，这场运动逐渐沉落，但其精神与艺术的元素已经渗透到现今的文学之中，遁形于无迹，但却又成为今天文学的内在精神和骨血。

2. 先锋是一种精神吗？先锋文学现在是否还存在？

先锋当然是一种精神，本质上是自由的精神，尤奈斯库说过大致如此的话。但仅仅这样看，是一种本质化的理解，而非历

---

[1] Andrew G.Emerson：The Guizhou Undercurrent（《贵州的潜流》），Modern Chinese Literature and Culture.

史的理解。作为一种历史现象,作为一个文学运动,它不可能永远存在。历史上所有的文学运动都是存在于一定的时间和历史环境之中。如今这样一个环境已经全然不再,要求先锋文学运动依然如故是不可能的。这正如文艺复兴的精神,人文主义的精神是永恒的,但文艺复兴却是指五百年前发生的一场思想文化与文学艺术的运动,你不能说文艺复兴运动还没有结束。当然,先锋文学作为运动结束了,并不意味着已经全然没有先锋艺术,没有包含先锋精神的文本,或许它还是有的,但在精神上可能已经有变化——更多地蜕变为了一种德里达所说的产生于"文学的一种危机经验之中"的"文学行动",是"对所谓'文学的末日'十分敏感的文本"[1],一种比较极端化和行为化的东西。各种极端的观念和行为艺术式的作品仍然会零星出现,但这也不能表明作为历史的先锋文学仍然以"现在时"存续着。这个问题并不难理解。

3. 先锋文学的经典化是否为时尚早?

先锋文学的经典化是一个自然的进程,不存在"过早"的问题,任何经典都是相对的,相比于托尔斯泰和鲁迅,可能马尔克斯与福克纳都经典化的"太早了",这种说法看似有道理,但其实站不住脚。因为与莎士比亚和曹雪芹比,可能托尔斯泰和鲁迅也有点早了。这种比较是没意思的。你当然也可以"颠覆"——某种意义上经典就是供后人阅读、批评和颠覆的,但颠覆可能会反过来更加强和加速其经典化。我之所以看重先锋文学,一方面是因为它们代表了我们时代文学的"精神难度"、思想高度,另一方

---

[1] 杨健:《文化大革命中的地下文学》,第103页,朝华出版社1993年版。

面，也代表了在艺术探险上曾经达到远足之地——如果认真细读过、并且真正读懂了先锋文学，便一定不会对其有过于轻薄之论，因为它们中的那些代表性的作品，大都是经得起最严格的细读的。路遥当然也很好，但不能说路遥有很多读者，就说先锋文学没人看。如果真的没人读，那倒不是先锋文学的悲剧，而是我们时代和文明的悲剧，是我们读者的悲剧了。因为一个不崇尚难度和思想性与精神性的时代，与这个时代读者的精神矮化之间，必定是互为因果的。

单纯从"难度系数"上也说不过去，很简单，一个体操运动员一生所做过的最难的动作，便是他所达到的专业高度的标志；先锋文学在最低限度上说，也称得上是我们中国当代文学所达到的最高难度系数的标记，从这个意义上，它是无可回避、不可绕过的。你不读，除了表明你对"有难度文本"的畏惧，还能说明什么呢？

4. 如何看待先锋文学的"转向"？

关于先锋写作的转向问题，已讨论了十几年。一方面这个是客观现象，另一方面又接近于一个伪问题——有谁的写作是始终不变的呢？同时又有哪一个作家会变成另外一个作家呢？任何写作者都在变与不变之中，不可能不变，也不可能变成另外一个。余华写出了最为繁难的作品之后，又写出了最为简约和看起来"容易"的作品，他完成了自己的自我证明：即，我是那个写出了《世事如烟》和《现实一种》的人，但我又写出了《活着》和《许三观卖血记》，这才有意义。如果没有早期的"极难"来证明，后面的"容易"就显得可疑和缺少意义，反之亦然。但余华一贯的尖锐地书写现实、历史和人性，却是没有变的。格非写出了非常晦涩的《敌人》，又写出了十分具有中国神韵和传统格调的《江南三部曲》，也是一种对证和自我确认。他回归中国古典美学传统的写法，并未妨碍他对中国近现代历史的尖锐思考，而是相得益彰。先锋试验之后文学终于结出了正果。这要联系起来，历史地看，才会有正确的看法。

处理现实有无数种方法，既可以非常形而上，也可以非常形而下，就看你处理得好不好，没有哪一种方法是包打天下的。先锋作家在处理现实的方式上确实有很大变化，这种变化有的是成功的，有的不那么成功，也很正常，有谁是永远成功的呢？有人不断地指责作家们在处理现实时的"无力"或"失真"，多数是属于站着说话不腰疼，你处理处理看看？在某些条件下，如果不用变形、荒诞和怪诞，各种障眼法，作品能够出得来吗？

还有一点，先锋文学是充满了探险和真正的自由精神。有人喜欢将80年代理想化，认为那是一个如何如何好的"黄金时期"，认为历史提供了最好的机遇，这种看法只是看到了一面，而没有设想他们所承受的巨大压力。事实上，没有真正的艺术勇气和斗争精神，不可能写出《一九八六年》和《往事与刑罚》那样的作品。这样的写作与后来的80后的青春写作、撒娇写作是无法同日而语的。所以，永远不要拿韩寒和郭敬明们与先锋文学相比，他们之间没有可比性。

5 先锋文学是否压抑了更具现实感的"介入"文学？它在今天的遗产和影响是什么？

把先锋文学狭义化，当然会得出这样的结论。在我看来，假如整体地理解先锋文学运动——将之看成是从20世纪60年代孕育,隐现于70年代,并且在80年代最终显形的一场思想文化运动的话,那么意义就不容小视。当然,这场运动可能是一场夭折的,或先天即发育不良的运动,但这没办法,历史只赋予了它这么多。但我仍然觉得,我们今天的文学所享有的一切,还是在很大程度上得益于它的馈赠。艺术上的品质,思想上的丰富程度,都与"文革"和所谓"新时期"之初不可同日而语。我还是那句话——只有先锋写作才使中国文学获得了与世界文学对话的资质、资格与可能,才使中国文学获得了真正现代性变革的起点。说先锋文学"影响了对现实的介入",这纯粹是胡说八道,根本没有读过,或者从来没有读懂的人才会这样说。在当代文学的历史上,还没有哪一种文学对于历史的反思和对于现实的"介入"与批判深度,能够超过先锋文学的。

先锋诗歌与先锋艺术是更为复杂的问题,我只能说,在诗歌领域中,先锋精神要早得多——早上十几年和二十年。1971年,插队白洋淀的19岁的根子(岳重)就写下了《三月与末日》,我认为那可以称得上是"70年代中国的《荒原》",其水准和难度,不啻于飞来之物,简直不可思议。先锋艺术的步伐似乎也略早于先锋小说。我的看法是,先锋诗歌在精神和艺术上引领了整个当代文学与艺术变革的进程。

6. 先锋文学与"五四"文学怎么比?

先锋文学在艺术的难度与复杂性上,早就"超过"了"五四"文学。但是历史本身是不能代替和超越的,所以我们又不能说先锋文学是高于"五四"文学的。同时反过来,也不能因为鲁迅和许多"五四"作家是学富五车的,他们的作品就一定是"五粮液";

当代作家没有多少文化,甚至有的还没有上过大学,其作品就一定是"二锅头"。"诗有别才,非关理也",有学问的人比比皆是,不一定都能成为好的诗人。明清之际大儒多如牛毛,但文学成就却远不及盛唐。这是两个问题。尺有所短,寸有所长,鲁迅是伟大的,但莫言也写出了《丰乳肥臀》这样的作品,用了一个世纪的时间、一个家族的覆亡故事,写出了中国近代以来的历史——民间社会被侵犯的和被毁灭的历史。你非要说你不喜欢,那我也没有办法;还有,他的《檀香刑》有过之而无不及地张扬了鲁迅笔下"人血馒头"的嗜血和围观的主题,你非要说他的批判深度不够,那就是一味地强词夺理了。更何况,莫言也是一直认真读书、阅读量很大的作家。

我反对动辄把当代作家与现代作家对立起来加以观察的看法,恰恰相反,他们是一个整体和一个谱系。在我看来,中国当代最好的作家正是鲁迅传统的真正继承者。在莫言、余华笔下,鲁迅的"吃人"主题,围观与嗜血的主题,国民劣根性的主题,都得到了有过之而无不及的展开描写。类似《酒国》《檀香刑》《许三观卖血记》《兄弟》这样的作品,只要认真读一读,就会领悟他们对于鲁迅的苦心传承与创造性的发挥,为什么不能将他们联系起来看?当作一个前赴后继的谱系来看?

7. 怎样纪念先锋文学,怎样看待先锋文学与俗文学的关系?

"先锋文学三十年"是指一个"纪念"的意思,并非说先锋文学本身持续了三十年,虽然这些作家还健在,但不能说先锋文学存续了三十年。在我看来,截止到20世纪90年代中期的人文精神讨论,先锋文学作为"运动"即告终结了,之后的创作更多地成为个人性的现象。你这个思维还是对立的,好像先锋文学的又一个"罪状"是没有给俗文学留下空间。请注意,20世纪八九十年代没有给俗文学留下空间的不是先锋文学,先锋文学也是用自己的全部力量冲开了一角;而今,则差不多是俗文学不给先锋文学留空间了。

我并非鄙薄俗文学、网络文学,我只是担忧。尼尔·波兹曼早就说过,有两种东西能够使文化枯萎:一是专制集权,一是娱乐至死。至少从文化结构上,文学结构上,先锋文学所代表的是精英和核心的部分,如今这个核心正在萎缩和消失,你不担忧,反而指摘,我无法苟同。至于年轻一代的写作,他们想成器,自然有前途,如果他们只喜欢娱乐至死,只着眼于俗文学和现实利益,那么文学的衰落就是必然的。这诚如《红楼梦》中所讲的,"忽喇喇似大厦倾,昏惨惨似灯将近。"文化的衰败当然有至为复杂的因由,但青年一代的不作为是一个关键因素。先锋文学诞生于一群青年人的手上,他们至少无愧于自己的时代和使命,如今另一群年轻人想怎么做,也是他们自己的选择。

8. 先锋文学给了我们什么样的启示?

前面已讲了太多,先锋文学的遗产之一,是告诉我们中国文学依靠什么、如何走向了世界。如今他们已经走向了世界——莫言已经获得了诺贝尔文学奖。最根本的,我以为就是,他们用了世界性的、人文主义的眼光,来讲述属于中国人的故事,对中国的历史和现实进行了反思,当然是在鲁迅式反思的基础上,更为多向和芜杂了,这也是无可避免的。当代中国的社会构造与文化情境比之"五四"时期要复杂得多,所以作家的思考也更为五花八门。但这都不要紧,要紧的是中国作家确实获得了一种现代性的能力,即借助复杂的文学手段,坚持了对历史、现实的秉笔直书,或者《变形记》式的旁敲侧击,坚持了对于人性黑暗与光明的共同探究,甚至也抵达了对于人类共同的各种忧患的书写,对于与生存与存在的哲学追问……所有这些,如今看似即在左右,但没有当初先锋文学运动筚路蓝缕的开拓前行,是无法想象的。

莫言与新文学的整体观

假如从胡适《尝试集》中最早的几首算起,"新文学"至2016年,即可以算做一百年了。百年新文学业已给学界带来了诸多有意思的话题,然而真正将新文学"作为一个不可分割的有机整体进行把握"的整体性探讨,似乎还并不太多。尤其是在内在逻辑上将其看作是连续的历史,真正在观照与评价方式上打通"现代"与"当代"沟壑与壁垒的研究,还可谓寥若晨星。甚至连国外的汉学家也言之凿凿地戏称"中国现代文学是五粮液,当代文学是二锅头"①,将两者分割甚至对立地予以评价。

这样的思维不能不说确有学科壁垒在作怪,但更重要的,还是一种习惯。其实,早在1985年,作为刚刚出道的复旦大学的青年学者陈思和就已经提出了"新文学的整体观"的看法,他提出"无论是现代文学研究还是当代文学研究,要得到进一步的深入和发展,在纵向上打破以一九四九年为界线的人为鸿沟是势在必行的。应该把21世纪第一个十年为开端的新文学看作一个开放型的整体,从宏观的角度上把握其内在的精神和发展规律"。

---

① 黄子平,陈平原,钱理群:《论"二十世纪中国文学"》,《文学评论》1985年第5期。

无独有偶，当时同样刚刚踏上学术之路的三位北大的青年学者黄子平、陈平原、钱理群，也非常敏锐地提出了"二十世纪中国文学"的概念，并从"走向'世界文学'的中国文学；以'改造民族的灵魂'为总主题的文学；以'悲凉'为基本核心的现代美感特征；由文学语言结构表现出来的艺术思维的现代化进程"这样四个角度，来论述这个世纪文学的总体性特征。目的很明确，是意图将中国新文学纳入到面对西方和世界文学的、以启蒙主义与现代性美感特征为主调的总体性潮流之中。尽管"二十世纪中国文学"这个权宜之计式的时间范畴在进入"新世纪"之后已然失效，但其总体性思路，其言辞间溢于言表的启蒙主义与现代主义的诉求，其对于当代文学作为现代文学的逻辑延展的基本定性，都可谓是高瞻远瞩和意味深长的，理应得到今天学界的接受和传承。

显然，本文的目的并不只是关于莫言创作的一个评价和讨论，而是一个事关整个当代文学应该如何考量，如何建立其思想资源与精神谱系，如何构建评价的视野与坐标，如何看待其地位与作用等一系列问题的思考。当然，本文也只限于提出问题，不可能一次性地解决问题。自从莫言获诺奖以来，关于其研究与评价确实被提到了一个新的认识高度，且生产了大量研究文字。有的大学和研究机构甚至还召开了题为"诺奖与中国：从鲁迅到莫言"的学术研讨会，有多名学者发表了与此相关的文章[①]，自然，笔者自己也贡献了"从鲁迅到莫言：这是一个谱系"的观点，认为"鲁迅是莫言精神上的路标，莫言则是一个将之发扬光大的传

[①] 2007年3月26日，在召开于中国人民大学的"世界汉学大会"之"汉学视野下的20世纪中国文学"专场圆桌会上，作为主角的德国汉学家顾彬教授表达了这一看法，遂引起热议。笔者作为在场者目击了这一场景和过程。

承者。所以，莫言拿到诺贝尔奖，是整个汉语新文学的总结和收获"。与此同时，笔者还有一篇更为详细的访谈文字《应该在鲁迅与五四以来的文学谱系中认识莫言》，关于谱系的说法有更为详细的讨论。说这些是强调确有不少研究者注意到了"从鲁迅到莫言"这样一个联系性和谱系性的关系，注意到了他们之间的一致性与传承性，这是笔者的这篇文字的起点。

但仅限于这些还是不够的，究竟他们之间有哪些方面发生了内在的联系，他们之间又产生了怎样的传承、变异、深化和蜕变的关系，这是笔者试图在本文中予以诠释和回答的，同时还希望能够通过这样的阐释，可以进一步探求一下"新文学如何才能作整体观"的问题。

一、乡村世界书写：哀歌，挽歌，或最后的整体性

乡村经验的书写源于农业文明的自觉，而农业文明的自觉源于"他者"——即工业文明的出现。没有他者作为镜像的对照，很难出现自身主体的自觉，这在世界范围内都是一个趋同性的命题。在西方，进步论很大程度上是产生于近代的地理大发现，或者说，现代性某种程度上是因为西方人发现了更为原始和"落后"的地域才强烈地意识到的，亦如黑格尔所说，"世界的新与旧，新世界这个名称之所以发生，是因为美洲和澳洲都是在晚近才给我们知道的。"对于近代中国来说，情势同样如此。现代性话语与启蒙意识的出现，是源于一个"中国式的地理大发现"——从林则徐的《四洲志》，到魏源的《海国图志》，然后方有严复的《原强》及其翻译的《天演论》，中国人才开始"睁了眼睛看"世界，

近代的启蒙意识与现代性话语才算是有了根基和雏形。

而这也是为什么乡村经验会成为新文学的核心经验、最主要的书写对象的原因。中国传统社会是典型的农业文明,乡土经验是中国人的日常经验,可为什么古典时代除了少量的"田园诗"以外,居然没有"乡土文学",在"三言二拍"和"四大奇书"中,在明清以来大量的市井传奇与才子佳人小说中,居然没有一部作品正面描写过乡村世界的景象,记录过农业社会的起居饮食,更谈何对土地的忧患,对古老生存的反思,对国民精神的质疑和探索。简言之,一个本然的乡土社会却没有产生出乡土文学,而恰恰是在西方文明以坚船利炮和奇技淫巧逐渐侵入之后,在工业时代的脚步渐渐迫近之时,中国人才突然重新发现甚至"发明"了自己,新文学作家也"发明"了"乡土文学"。这就是鲁迅和文学研究会的作家们纷纷以乡土社会、以农业生存作为书写对象的一个原因。他们在这古老的生存中发现了苦难、愚昧、悲剧和危机,发出了"从来如此,便对么"的疑问,也发现了世居的牧歌田园居然是"铁屋子"这样一个严酷现实。在《呐喊·自序》中,鲁迅借了与所谓"金心异"的对话场景,说了这番著名的论断:"假如有一间铁屋子,是绝无窗户而万难破毁的,里面有许多熟睡的人们,不久都要闷死了,然而是从昏睡入死灭,并不感到就死的悲哀。现在你大嚷起来,惊起了较为清醒的几个人,使这不幸的少数者来受无可挽救者临终的苦楚,你倒以为对得起他们吗?"[①]这段话中,鲁迅创造了他写作生涯中著名的关键词,但我以为其中还暗含了另一个,就是"哀歌",即在"死的悲哀"中唱响他

---

① 陈思和:《新文学史研究中的整体观》,《复旦学报》(社会科学版)1985年第3期。

的召唤——"敢有歌吟动地哀"的哀歌。唯其如此,方能唤醒这铁屋子中的人们。

粗略统计,在《呐喊》总共十四篇小说中,书写乡村题材的约要占到一半以上,所刻画的最著名的人物如孔乙己、阿Q、七斤、华老栓等,也都属于乡村世界的三教九流。显然,是乡土文学开启了中国现代启蒙主义文学的进程。这是很有意思的,为什么启蒙主义的思想运动与文学潮流不是从城市经验、历史题材、个性主义的知识分子生活等等方面大举展开,而居然是肇始于原始和落后的乡村?这便是前文所述的关键词——"哀歌"的作用了,因为书写城市和个性主义都很难成为文化意义上的哀歌,很难起到整体性的文化与文明反思的作用,只有通过书写乡村,才能够像《故乡》的结尾那样,发出逃离者的由衷悲伤和叹息,感慨众生的愚昧和土地的沉沦。

这种乡土的哀歌几乎变成了新文学的一个标签,一个魔咒,土地本身的诗意,其破败的生存与苦难想象成为合适的符号与格调,非常宜于处理一个现代性的命题,即反思文化与制度的困境,分析人性与道德的堕落,留恋器物与习俗人心的不古,感叹自然的毁坏与环境的延迁……在某些情况下还会反转和演化为另一极——在鲁迅和文学研究会作家的笔下,乡村是破败的,底层人民是愚昧和麻木的;而在30年代沈从文的笔下则刚好相反,他所描绘的湘西世界,不再是破败沉沦的罹难之地,而是"希腊小庙"式的理想之邦,在这里不止普通的人性是美好的,连小偷和妓女也是有信义的。他将浪漫主义的余绪,自然世界与农业生存的和谐共生,在现代性的烛照下产生出对照于工业文明的异化、自然的污损败坏以及世道人心的颓圮的哲学性的反思力量,构造了一

部不同于鲁迅和文学研究会作家的悲歌与哀歌模式的美好挽歌。沈丛文在他的长篇小说《长问》的"题记"中说道:

> 表面上看来,事事物物自然都有了极大的进步,试仔细注意注意,便见出在变化中堕落趋势。最明显的事,即农村社会所保有的那点正直朴素人情美,几乎快要消失殆尽。代替而来的却是近二十年实际社会培养成功的一种唯实唯利庸俗人生观。敬鬼神畏天命的迷信固然已经被常识所摧毁,然而作人时的义利取舍是非辨别也随之泯灭了。"现代"二字已到了湘西……

这种与"五四"式文化批评完全不同的启蒙的反转和审美现代性意识的浮出,已经为既往许多学者所论及,这里不拟再行展开。从鲁迅到沈从文,还有"京派"的其他作家,我们可以看出一个"正——反"的逻辑回合。不过,无论是将乡土看作是必须启蒙的悲惨世界,还是看作即将消亡的乌托邦桃花源,有一点是一致的,即,他们所唱响的,都是乡土的挽歌与哀歌,他们所写下的,都是农业社会的末日与沉沦。

与前两者都不同,革命作家笔下的乡土世界似乎显得更为"客观"些——尽管不是出于自愿,而是出于意识形态的修正与制约。他们既没有把乡土写成深渊,也没有将之夸饰为乐园,既非俯瞰,也非仰望,而是采取了"平视"的方式,写出了这个世界的喜忧参半与良莠交杂。尤其是在早期的赵树理等作家笔下,甚至还写出了乡村民间文化的鲜活样貌,写出了它原生的喜怒哀乐与爱恨情仇,直到20世纪五六十年代,乡村世界的书写才彻底沦为政治的试验场，和阶级斗争的大舞台，至此，原有的哀歌与挽歌，差不多变成了喜剧与闹剧。

1985年对于当代中国文学来说，绝不只是意味着一两个新潮文学现象的浮出，更重要的是中国作家对于自身的重新认识。历经将近半个世纪的自我封闭和思想的畏缩沉寂，中国作家在再度获得了世界性视野之时，所发现的自我镜像，居然还是乡村社会与土地的生存，依然还是作为农业文明的中国。只是，他们在发现这个自我镜像的时候，其思想与情绪不免是迷茫和混乱的，与前代作家的几种态度相比，他们无法为自己找到一种清晰和持久的姿态，看一看几位作家的寻根宣言就可以看出，他们对于新一轮的土地书写和传统再造，似乎并不甚明了其所以然。是鲁迅式的决绝批判？还是沈从文式的缱绻怀恋？还是赵树理式的亲近胶着？似乎都有，但又显得犹疑和暧昧。当他们试图为当代中国的文化建设"释放现代观念的热能，来重铸和镀亮这种自我"①的时候，似乎又为文学承担了太多现实责任，且在不久之后就被证明是难以为继的。寻根文学在经历了一年的热闹之后迅即陷于沉寂，便证明了这一点。

然而，稍迟到了一点，却真正表明了寻根"实绩"的却是莫言，1986年，当寻根文学业已悄无声息地终结之时，莫言却用他充满灵异格调的书写，再度唤起了人们对于土地与传统社会的关注与热衷。如果说他之前的《透明的红萝卜》是以传奇的笔法和少年的视角书写了土地上凄美的爱情故事，少年的情感狂想与"被去势"的移情冒险，还仅仅是写得美妙和浪漫的话，那么在稍后

---

① 黄子平，陈平原，钱理群：《论"二十世纪中国文学"》，《文学评论》1985年第5期。

的"红高粱系列"以及1987年结集出版的长篇小说《红高粱家族》中,则有了清晰的文化与美学自觉。他要借助酒神与非理性的力量,将中国传统社会和农业文明的生存做一次淋漓尽致的全景再现,将自然、土地、民俗、神话、传统、生殖、战争、死亡、种植、仪典……所有乡村世界的完整的经验系统,进行一次全景式的再现。某种程度上也可以说,他构造出了一部现代的史诗,一部与以往任何讲述都更有文化与审美自觉的农业文化的挽歌。

在《红高粱家族》的结尾处,他甚至按捺不住有一番激荡人心的抒情之笔:

> 我站在杂种高粱的严密阵营中,思念着不复存在的瑰丽情景:八月深秋,天高气爽,遍野高粱红成汪洋的血海。如果秋水泛滥,高粱地成了一片汪洋,暗红色的高粱头颅擎在浑浊的黄水里,顽强地向苍天呼吁。如果太阳出来,照耀浩淼大水,天地间便充斥着异常丰富、异常壮丽的色彩。

这是对业已消失的一切乡村神话的凭吊。他迅速地越过了寻根文学对当代文化重建的承诺,也舍弃了原始的农业文明与现代文化重建之间的不对称的悖论,建构了属于他自己的一种以人类学为基础的。以尼采的生命哲学与酒神酒神为指引的,在我看来是一种"审美历史主义"的乡村经验书写。这样的诗意想象,再度将我们带回到农业经验的整体性的谱系与情境之中,成为一种前现代的神话和生命与生存的史诗,并将这一切神化成为德里达所说的"形而上学的假想",同时也是诺奖委员会所评价的"世

界性的怀旧",这意味着,在几乎不可能出现神话的时代,他用自己的天赋创造了这些神话。他说:

> 这就是我向往着的、永远会向往着的人的极境和美的极境……我的整个家族的亡灵,对我发出了指示迷津的启示:可怜的、孱弱的、猜忌的、偏执的、被毒酒迷幻了灵魂的孩子,你到墨水河里去浸泡三天三夜——记住,一天也不能多,一天也不能少,洗净了你的肉体和灵魂,你就回到你的世界里去。在白马山之阳,墨水河之阴,还有一株纯种的红高粱,你要不惜一切努力找到它。你高举着它去闯荡你的荆榛丛生、虎狼横行的世界,它是你的护身符,也是我们家族的光荣的图腾和我们高密东北乡传统精神的象征!

从社会学的角度看,生于20世纪50年代的莫言在他的童年经历了未经破损的原始的乡村生活,也保有了大自然未曾改变的童年记忆,这一切使得他的挽歌成为可能,使他的乡村经验的书写也成为最后的"整体性的范例"。之后,这样的书写便不再成立,因为皮之不存,毛将焉附,随着农业社会的解体,乡村经验的整体性也不复存在,所有晚生作家的乡村经验书写都随之碎片化了。

二、国民性批判:从单向度到多维度

鲁迅对于国民性的揭示与批判,被视为是新文学最宝贵的精神资源与思想财富,历来无论是左翼文学的传承者、革命领袖,还是晚近的 80 年代以来的理论家们，无不对这一精神传统保有敬意和不间断的阐释。甚至不只是"左翼"，即使是偏于"自由主义"一方的也同样喜欢拿鲁迅来做例子。不管是何种身份、何种目的的研究者，都承认鲁迅在反封建、在国民性的批判方面典范的和标杆式的作用：

> 在中国，对以儒家封建思想为中心的封建传统思想的批判是现代中国一切批判的前提，真正揭开了这个思想批判的是"五四"反封建思想革命运动，真正在深层次上全面、深刻、彻底、准确地进行了这个批判的是"五四"新文化运动的旗手鲁迅，《呐喊》和《彷徨》就是这个伟大的思想革命运动的卓越的艺术记录。

这样的看法尽管还打着过渡时期的学术思想烙印，但它所强调的鲁迅和"五四"新文学的核心精神即是其激进主义的思想，对礼教传统的负面后果——"国民劣根性"的批判。当然，很快人们也认识到鲁迅思想内在的复杂性，认识到了他不止涵纳了"许多无法避免的矛盾言行，各不相容的思想"，还有"对自身的矛盾有着深刻的内省与自知，但却不得不同时信奉这些互相矛盾的思想……他追求人的主体性和普遍解放，却相信现代哲学对人的生存状况的深切忧虑；他倡导科学、民主、理性，却高扬施蒂纳、尼采等对科学、民主、理性持非议态度的思想家的旗帜……他不断地向人们昭示着希望，鼓舞人们否定旧生活、开辟新生活的勇气，同时又颓废地谈论着绝望、死亡、坟墓与孤独"。这样的看法当然极大地拓展了人们对于鲁迅和这代作家主体人格之丰富与复杂的理解，但就国民性的批判这一点，现代作家除了激烈而尖锐的否定态度，确乎缺少折中和转圜的其他条件与余地。

在钱钟书的笔下，对于知识分子自身的批判似乎前进了一步。这和鲁迅相比显得略有不同，鲁迅毕生相信自己是"精神界战士"，然树敌众多四面投枪，但从来没有整体性地对知识界表达绝望之意。而钱钟书则不然，他是整体性地表达了对于"五四"新文化之后果的否定与失望。而且他不像沈从文那样是在城与乡的二元对立格局中展开自身的批判，而是将之放在一种结构性的和自足的视角中来予以批判的。即便是国难当头民族危亡之时，他笔下的知识分子也没有呈现出什么积极和正面的精神状貌，而仍是一群地地道道的混世者。他们在思想领域的认识，基本上仅限于借方鸿渐之口说出的"海通以来，西洋只有两件东西在中国长存不灭，一件是鸦片，一件是梅毒"之类，而事实上类似方鸿渐和赵辛楣这样的人格缺损者，已然是小说中堪称"纯洁"的人物了。他们作为"群像"的集体阉割和精神颓圮，对于现代中国的启蒙主义思想运动而言，具有深刻的寓言意义，即，为"五四"一代作家所殚精竭虑而构筑的"德先生"与"赛先生"的神话已经彻底破产。启蒙主义的主体如此，被启蒙者又何以堪？

革命中断了以国民性批判为核心的启蒙运动，早已为李泽厚所阐释过的"启蒙与救亡的双重变奏"的大逻辑，确乎有效地解释了这种终结。在赵树理等革命作家的笔下，即便还有一点道德、政治和社会学意义上的批判，与启蒙主义范畴中的国民性思考之间已全然没有什么干系。

假如沿着这一逻辑，在革命时代终结之后的20世纪80年代的思想变革与新一轮的西学东渐，究其实质仍是一次启蒙主义的运动。只是与"五四"新文化运动相比，这一次显然是有先天缺陷的——因为受到了更多复杂因素的限制和干扰。但不可否认的是，它在思想的内核与精神价值的指向上，都是历经半个多世纪之后的前缘再续，对"五四"启蒙主义传统的一次续接、重复与补课，虽然从《狂人日记》中的"救救孩子"到《班主任》中"救救被四人帮坑害的孩子"，批判精神与启蒙意识的命题显著降解和窄化，但是随后在寻根文学中则重新获得了文化意义上的扩展，试图从最低限度的"社会启蒙"延伸至更为广阔的"文化启蒙"层面，而这一使命在莫言的小说中得到了最为集中的体现。

　　前文已论及，在寻根作家的作品中存在着一个显著的悖论，即文化批判的意图与试图重新发现传统中有价值的部分之间，大都存在矛盾和着游移的倾向。面对原始的和民俗范畴的民间风情与乡村故事，写作者的态度和分寸感往往会成为一个问题。浪漫主义式的处置显然是不够的，在李杭育、韩少功、贾平凹、乌热尔图等人的小说中，基本上是采取了与浪漫主义相似的立场，即以"复魅"——与"祛魅"相对——的眼光、神秘主义的态度，来使文本获得文化的厚度与民间的情调，但究竟如何定位传统文化因素的价值与作用，他们似乎也感到茫然。或者说，大多数作家还没有找到一个处置传统文化与农业经验的基本的哲学依据与价值坐标。而莫言的《红高粱家族》则基本上解决的这些问题，至此，我们可以说莫言找到了一个可以与"五四"新文化运动的价值相匹配的尺度，即以超越了社会学与伦理学的尺度，以尼采的生命哲学、以现代以来的人类学视野进行观察和观照的角度，以此解决了一个对中国传统文化进行"重新阐释"的立场和价值观的困境。

由此，莫言开始了他重新解释传统和对国民性进行反思批判的旅程。这个过程在我看来应为两个阶段。第一个阶段是重释时期，即《红高粱家族》时期，受到20世纪80年代文化的青春朝气的氤氲感染，这部小说与这一时期中国知识界跃跃欲试的"帮忙"冲动相接洽，与寻根作家的口号遥相呼应，从另一个向度上重新诠释了中国传统文化的内部构造。这一主张虽然在李杭育等人之前的言谈中已有所表述①，但真正上升到哲学的清晰认识，并且以写作实践来完成这一任务的，或许只有莫言。在该作中，他召唤起中国传统与民间社会的"本土的酒神精神"，以此重构出与儒家文化与旧礼教相对峙的另一个传统，即以生命强力为本位的、反伦理的、自由和自然的精神，及其赖以寄存的藏污纳垢又生气勃勃的民间世界。而且是以"失乐园"式的，以非进步论和反进化论的观念，描述了在"爷爷奶奶"身上曾经存在的顶天立地的英雄气度，他们出入于红高粱大地"既杀人放火，又精忠报国"的自由生活和自主人格，从而颠覆了此前由"五四"作家所诠释的由封建礼教一统天下的历史概念。第一次在当代文学的谱系中构造了一个"降幂排列"的家族世系：作为英雄的爷爷奶奶，他们象征着久远的祖先历史；作为寻常人格的父亲母亲，他们代表较为切近的历史；作为蜕化的"不肖子孙"的"我"，则象征着当代性的文明失落与精神衰变。这样一个谱系，与鲁迅相对照，所唤起的，是对于当代、当下中国文化与人的精神人格的反思，它告诉我们，要想解决中国现实的问题，不是去追责中国古老的

---

① 2012年11月24日，中国人民大学文学院、《中国作家》杂志社、北京大学电影与文化研究中心联合举办了"诺奖与中国：从鲁迅到莫言"座谈会，参加者有北京大学、清华大学、北京师范大学、中国人民大学等高校的多名学者。

文化传统，而是从我们自身去找问题。

显然，《红高粱家族》并不是单纯的讨巧，在文化批判的合法性问题上避重就轻耍滑头的态度，而是提出了另一个反思与批判的尺度，事实上，苛责历史不如逼问现实来得更加严峻和切实。只是他告诉我们解决的办法，不是鲁迅式的剖析国民精神中传承的旧的集体无意识，而是唤起祖先曾有过的生命强力与自由精神。这当然不一定能够真正解决中国所有的现实问题，如同鲁迅和"五四"作家的国民性批判也没有彻底解决一样，不能用类似社会达尔文主义、用非理性的方式来构建当代中国人的文化精神，但是作为一个反思的方式、一种启示与借镜，还是非常有价值的。特别是作为文学叙事，它还是最为丰沛且恰当的，这部作品几乎一扫数十年中国文学思想的单薄与呆板，美感上的萎靡与贫乏，使当代中国文学重振了思想之魂与激扬之气。

但毕竟《红高粱家族》是莫言年轻时代的作品，单纯为了反叛和惊世骇俗而刻意夸张了他对于传统和道德的逆向理解。直到20世纪90年代，他才通过《酒国》《丰乳肥臀》等作品建立起了另一向度的启蒙观，在新的环境与压力下找回了与鲁迅和"五四"一代作家相似的文化立场，将他们的国民性批判的传统做了淋漓尽致的和创造性的发扬光大，写出了更加直观精细和令人惊骇的"吃人""嗜血""围观"以及"精神胜利"的主题。尤其是在世纪之交推出的《檀香刑》中，这种国民性的思考与批判，可谓达到了前所未见的激烈程度。

关于《檀香刑》与鲁迅国民性批判主题的相似与契合，笔者早在十多年前就已经讨论过。在这部足以称得上惊世骇俗的小说中，莫言有过之而无不及地重述了曾经为鲁迅所生动刻画过的中国人的悲剧性格：

> 刑罚是怎样变成了戏剧——对一些人是灾难，对另一些人则是节日的？《檀香刑》极尽繁文缛节地书写了作为"戏剧"和"节日狂欢"的刑罚，它用反照甚至残酷的掩饰的方式，让我们目睹和欣赏了由种族的"集体遗忘"带来的欢乐，这是奇书的气魄和方法。但它却也戏剧性地强化了《狂人日记》和《药》一类作品曾经展现的主题。

在一部可以形容为"一个女人和她的三个爹的故事"的小说中，莫言极富戏剧性地将被杀者、刽子手和监斩官叙述为有着血缘、亲缘或肉体关系的三个人，他们与主人公孙眉娘分别构成了亲爹、公爹、干爹兼情人的关系，除此还有她高密东北乡的万千乡亲，他们共同构成了一个千丝万缕的宗法社会的亲缘关系，而正是这样一群有着盘根错节的亲缘关系的人共同合谋、密切配合、不可或缺地演出了这场屠杀与围观的檀香刑大戏。如果说鲁迅的《药》只是隐约间透出了国人喜好"以他人的血来疗自己的伤"的无意识，在他的《阿Q正传》中也隐约透见了围观与杀人的快乐的话，那么，在莫言这里，所有被鲁迅揭示过的国民弱点与劣根性，都有过之而无不及地得到了再现。而且，"比之鲁迅的'吃人'主题，莫言的小说中又增加了'当代性'的思考——他要试图揭示东方的民族主义是以怎样的坚忍和蒙昧，来上演这幕民族的现代悲剧的；它要见证，乡土与民间的'猫腔'同强大的钢铁的'火车'鸣笛混响在二十世纪中国的土地上，上演了怎样的滑稽的喜剧；

它要揭示在民族文化和民族根性的内部，是什么力量把酷刑演变成了节日和艺术……即使在《檀香刑》强烈的喜剧叙事的氛围中，也掩饰不住这样一些庄严的命题。"①

事实上，《檀香刑》所揭示的民族心理与性格的悲剧根源还不仅限于此，他甚至对于义和拳这样的重大历史事件中所包含的文化秘密也作了深刻的揭示。以孙丙为例，作为高密东北乡猫腔戏的名角，他本是一个英俊正派的民间艺术家，几乎没有什么缺点。在典型的乡土社会农业文明环境中，他是一个备受爱戴和追捧的人物，田园牧歌、猫腔婉转，从来如此，有什么不好？但一旦外来的强势文明，西方列强以洋枪洋炮侵入的时候，他不得不由手无寸铁的民间艺人挺身而成为义和拳的首领，然而怯懦愚昧的清政府却是首鼠两端，在先期的纵容利用拳民滥杀洋人之后，又以无情的镇压屠戮以求洋人宽宥，在这样历史环境下，孙丙这样的角色除了摇身一变谎称岳大将军再世，口念咒语以求刀枪不入之外，又有什么制胜之策呢？所以，所谓的传统文化，其实在没有强大的异己力量、"现代性的他者"围困与威胁之时，并没有什么愚昧与落后之说，只是因为外力的重压，他才显出了自身的"丑陋"。而这时，中国的统治者是以将刑罚花样翻新无所不用其极地变为"艺术"，来维持其所谓"文明"的——小说借了德国总督克罗德之口说，"中国什么都落后，唯有刑罚是最先进

---

① 见刘勇，张弛：《20 世纪中国文学现实与魔幻的交融——从鲁迅到莫言的文学史回望》，《北京联合大学学报》2013 年第 1 期；高旭东，等：《诺贝尔文学奖与中国：从鲁迅到莫言》，《山东社会科学》2013 年第 2 期；赵勇：《从鲁迅到莫言：文学写作之外的担当》，《中国作家》，2013 年第 4 期；李东木：《从鲁迅到莫言——中国现代文学在日本》，《东岳论丛》2014 年第 12 期；栾梅健：《从"启蒙"到"作为老百姓写作——莫言对鲁迅文学传统的继承与创新》，《南京社会科学》2015 年第 1 期。

的"。这样的历史认知与文化批判,在笔者看来,言其直追鲁迅也是毫不过分的。

很显然,如果我们的读者和批评家是不抱先入之见,不囿于个人偏见的话,便不会贬低和否认莫言笔下的国民性思考与批判,不会将之与鲁迅的文化担当作霄壤之分。从鲁迅到莫言,这是一个谱系,也是一个整体,莫言比之鲁迅,在国民性的反思与批判方面不止走得更远,探求的方向更多,而且某种程度上也达到了更大的深度。只有这样看待才是足够公平和客观的,只有这样看待,对中国新文学才会有整体的理解,对当代文学的价值才会有理性和准确的认识。

而且,如果我并不单是为莫言正名的话,对于鲁迅主题的继承者还可以延伸到更多作家,比如余华,他早在20世纪八九十年代之交所写的大量中短篇小说,如《一九八六年》《往事与刑罚》《现实一种》等等,还有他在新世纪之初推出的长篇小说《兄弟》、2013年的《第七天》,也无不透示着"刑罚""围观""嗜血"和"狂欢"的主题,透示着国民顽劣的弱点与性格。基于此,我们应该给当代作家一个公正的看法,应该将他们与自己的前辈看作是一个不断传承与变异、不断深化和延续的精神脉系与文化整体。

三、重返民间:价值的重建与美学的扩展

作为肩负启蒙大众使命的一代,鲁迅和"五四"一代作家大都有强烈的精英意识,对传统的激烈批评态度,使他们对底层和民间文化并没有太多正面关注。"说到'为什么'做小说罢,我仍抱着十多年前的'启蒙主义',以为必须是'为人生',而且

要改良这人生。"陈独秀也说,"'国风'多里巷猥辞,'楚辞'盛用土语方物"①,在他看来民间的文化与文学向来无甚足观。某种程度上也可以说,五四文学便是建立在对于"今日庄严灿烂之欧洲"的文化与文学的移植与借鉴之上的,对于本土的民间传统采取的首先是摈弃与质疑的态度。这当然符合启蒙主义的基本属性,即"祛魅",而民间文化与文学往往是以其原始的"魅性"见长的。在20世纪30年代的"京派"作家那里,他们似乎意识到了乡村民间社会所寄寓的桃源式的意义,但同样是在与城市和现代文明的对照关系中来诠释其意义的,民间在他们那里多为言说的借口,而并未被赋予自足的本体性。沈从文自称是"20世纪最后一个浪漫派",他要为人们构造一个"希腊小庙",称"这世上或有想在沙基或水面上建造崇楼杰阁的人,那可不是我,我只想造希腊小庙。选山地作基础,用坚硬石头堆砌它。精致、结实、匀称,形体虽小而不纤巧,是我理想的建筑,这神庙里供奉的是'人性'……"②显见得,他在自己用文字构建的湘西世界里,仍是一个十足的精英主义者,乡土或民间世界已经被他改造为东方式的雅典娜或伊甸园。

显然,截至20世纪40年代,赵树理等革命作家登上文坛之前,新文学的主要场域基本上仍限于精英阶层。这当然不是一个"进步论"的命题,新文学在转向民间场域的过程中,必然会与革命政治与意识形态相遇,而革命理论、"新民主主义"的意识形态也必然要打上民粹主义的烙印,或者必须要借助民粹主义所焕发

---

① 见新华每日电讯2012年11月2日:"张清华:从鲁迅到莫言,这是一个谱系"。
② 张清华:《应该在鲁迅和五四以来的文学谱系中来认识莫言》,《新华月报》2012年第11月号(下半月刊)。

出的巨大力量,这正是《讲话》之所以出现的一个大背景。自然,在全民族抗战救亡图存这样的国家大势面前,文学的个人性与精英主义趣味开始显得有些微不足道了。因此,20世纪40年代中国文学的民粹倾向说到底又并不意味着纯粹和本源性的民间价值的出现和回归。

不过,赵树理的话语中仍然让我们看到了一个顽固的民间身份的自我想象:

> 我不想上文坛,不想做文坛文学家。我只想上'文摊',写些小本子夹在卖小唱本的摊子里去赶庙会,三两个铜板可以买一本,这样一步一步去夺取那些小唱本的阵地。做这样一个文摊文学家,就是我的志愿。

20世纪80年代的文学变革看似轰轰烈烈,但仔细回想一下,并非像某些人怀念的那样,是一个伊甸园式的黄金时代。直到1985年以前,有关"朦胧诗"与"现代派小说"的合法性还依然是十分严峻的问题,只是到此后,新潮文学才仿佛忽然一下子"冒"了出来。但真正敏感的作家,不会对意识形态的松绑过程中民间文化价值重新浮现的作用视而不见,事实上,这是一次从"一体化"时代的一元文化格局向着开放时代的三足鼎立的文化格局迅速转换的一个微妙情境。"寻根"运动所真正寻找的,正是久已生疏的民间文化与传统文化资源,而相比之下,拥有着久远的民粹主义传统的革命政治文艺,在对待"民间文化"的态度上,更能够给予80年代的文化精英们以合法的空间感。换言之,这个年代真正深谋远虑的作家最清楚,精英知识分子立场获得"单独的合法性"的时机还远未到来,而宣称对外吸收来自拉美的"魔幻现实主义"——这也符合特定的国际政治的正确原则,对内则呼吁寻找传统文化与民间文化中有益于今日之"文化重建"的部分,这是不言而喻的一个明智策略。

但文化上的某种权宜之计,或者不得已的面具感是十分现实和有效的。这个时期的精英思潮借助了民间文化的材料与故事,得以推动中国文学进入了一个全新的,以"寻根"和"新潮"这样一对看似矛盾、实际又互为表里的现象为代表的时代。"寻根"以向旧,是建立本土合法性的诉求;"新潮"以向外,是变革以求新的借道。两者互相依存,互为合法依据,才迅速生成了20世纪80年代中期中国文学陡然繁盛的大好局面。

这也正是莫言的《红高粱家族》出现的微妙环境。莫言不止看到了民间传奇本身的"材料"意义,更是敏感地抓住了民间文化的价值立场,也同时以哲学、人类学和民俗学的高度扩展变革了当代小说的叙事格局与美学品质,为中国当代文学开辟出一条豁然开朗的新路。这才是他成功和艺术生命力的秘诀。在这部小说中,他不但将既往政治化的抗日历史改写为一部民间英雄的传奇史,同时也以近乎变态的狂热,共时态地描写了高密东北乡的民间生活情态,包括婚丧嫁娶、生老病死、爱恨情仇、礼仪民俗,甚至江湖恩怨、行会谋夺,甚至《聊斋》式的鬼狐传奇、自然灵异……也正是因为这些元素,使得《红高粱家族》冲破了种种此前的藩篱与禁忌,终结了以进化论为主导价值的主流历史谱系,也终结了以政治社会学与伦理学为构架的叙事。这无论如何与也不是一件小事。

最近有敏锐的海外学者撰文分析了中篇小说《红高粱》作为

"社会主义现实主义文学的遗产"的明显的"过渡性特征",详细分析了该小说的"超越与局限"。我认为这一看法不谬,很客观地认识到了这一时期整个当代文学的过渡性特征,文章说,"这部小说发表时,正处于中国当代文学史上的一个过渡阶段,……一个除旧布新的历史性的时刻。"但问题在于,是什么原因使得这样一部具有过渡性特征的小说,打开了中国当代文学的新局面?我以为正是民间文化视角以及民间价值的重建,是民间文化的生气勃勃的原始力量与活泼形态,给莫言带来了丰沛的隐喻力与迅猛扩展的文化承载力,以及美学上的吞噬力,也给当代文学拓出了新路。从这个意义上,《红高粱家族》既是有先天局限的,同时又成功地超越了这种局限。

在将近十年后的1995年,莫言推出了他的《丰乳肥臀》。迄今为止,我仍然认为这部作品是莫言全部创作中的巅峰之作,这一年他刚好四十岁。十四年前我在《叙述的极限》一文中毫不吝惜地称他以这部小说实践了"伟大小说的历史伦理",这个伦理就是"把历史的主体交还人民、把历史的价值还原于民间"①,言下之意,我认为他构造了一部新文学诞生以来真正的"民间之书",一部近乎"伟大的汉语小说"。我的理由很简单,他在这部作品中,书写了一个超越所有政治与历史限定的主题,记录了"中国传统民间社会在20世纪被侵犯和被毁灭的过程"。母亲所饱经风雨沧桑历尽蹂躏磨难而养育的众多儿女所代表的人民与民间世界,在所有外来的政治与权力因素的合谋下,在一切外来势力的侵犯下,最终陷于了从肉体到精神的毁灭。这一挽歌式与

---

① 黑格尔:《历史哲学》,王造时译,第83页,上海世纪出版集团、上海书店出版社2001年版。

哀歌式的历史书写，揭示了20世纪中国在最内在的一个伦理之殇与文明之痛，即，数千年来立于我们脚下的这块美丽壮阔而又多灾多难的土地上的，既田园牧歌又风雨如晦的、自足自乐又自生自灭的、不断死亡又浴火重生的民间社会——正如上官鲁氏曾经多如羊群般人丁兴旺的家族一样——在外忧内乱中，在战争与物质的搏杀中，在无数政治的走马灯式的更迭中，在现代性与科技力量的诱惑中，在一切的欲望膨胀与道德沦丧中，最终陷于崩毁和湮灭。的确，在新文学史上，还没有哪一部作品能够像《丰乳肥臀》这样全景地、总结性地书写出一个世纪的历史，写出一部可以称得上是"世界性的怀旧"的小说，同时也塑造了一个集政治学、伦理学、人类学意义于一身——即同时为"人民的化身""慈母""生殖女神"三种母性的集合的伟大母亲的形象，以她最终合成为这个民间世界的象征。仅就他所刻画的人物看，我也认为，说他写出了伟大的小说绝不是夸张。

四、人格的"矮化"与文学的成长

早有学者注意到这样一个问题：在总体的文化人格方面，当代作家比之现代作家要有很大的变化，这种变化表现在一种"集体性的人格衰退"。因此，"从鲁迅到莫言"便成了一个难免尴尬的话题，也暗含着一个"从现代文学到当代文学"的逻辑衰变的问题。因为很显然，鲁迅是具有留学背景的高级知识分子，有大量足以证明其出众的文化素养的学术著述，有很好的外语，国际化的经历与眼光；同时，鲁迅还直接介入了新文化运动，是"五四"一代作家中最具有精神与道义担当和人格魅力的人物之一……连德国人顾彬都说,西方的作家都懂得好几门外语,"不懂外语的作家不会是好作家"①。而莫言这一代作家,不要说懂外语,连教育背景都并不正规,有的甚至根本就没有上过大学。按这样的逻辑,新文学所走过的,当然不是一个进变与成长的道路,而是一个"一代不如一代"的衰退逻辑。

因此这样的看法便显得很正常,也似乎不容置疑,即使在莫言得奖以后,也有各种各样的看法。比如"翻译功劳说",认为中文原作是粗糙的,被高明的翻译家翻成英语之后,西方人已经看不到原作的粗糙;还有的则是通过作家"文学写作之外的担当",去梳理这个衰变的逻辑,认为"鲁迅不仅仅扮演了一个作家的角色",同时也"以知识分子的面目说话,担当社会的良心",而莫言则只愿意扮演一个作家的角色,这样就会影响到他的写作的批判性。②这些说法都以看似严密的逻辑,推演出了新文学的必然衰变的趋势。

然而笔者却不这么看。确实,单纯从精神人格或文化人格的构成看,莫言这代作家从与鲁迅等现代作家相比,可能比不了他们,会有更多的局限性——更直接地说,他们没有鲁迅那样综合性的素养,包括国学、外文以及理论方面的造诣。然而"人格化"地看待他们之间的差异,同历史地考察文学的进退变异又不能等同起来。虽然在人格的意义上说,鲁迅称得上是"伟大作家";但如果从"文本"上看,莫言则更为丰富。这是一个非常奇怪的关系,也构成了中国新文学的一个整体性景观和逻辑:不承认当

---

① 沈从文:《七个野人与最后一个迎春节》,1929年《红黑》第五期。
② 陈思和:《民间的浮沉——对抗战到文革文学史的一个尝试性解释》,《上海文学》1994年第1期。

代作家的精神人格力量的趋弱和萎缩是不对的,但不承认当代文学比现代文学更为复杂和成熟也不客观,这就是"从鲁迅到莫言"这个时间叙事中所包含的最核心的意义。但对这个关系的认知又不能绝对化,即便鲁迅是中国现代作家精神人格的楷模和典范,但也不是白璧无瑕;即便莫言和当代作家们在精神上有矮化的倾向,但也不是一无是处。近距离地看任何人、任何作家,都会有"做人"方面的弱点或缺陷,鲁迅也不例外。人非圣贤,孰能无过?就像梁实秋所揶揄的,"假如隔壁住着一个诗人"——任何自命正常的人,都会有不寒而栗甚或毛骨悚然的感觉。然而拉开了时间距离再看就完全不一样,"生活中的人格化"和"传奇中的人格化",以及"文本中的人格化"会完全不同。我们如今所理解的鲁迅的人格,已然是被传奇化和文本化了,而我们对包括莫言在内的当代作家的审度,则无疑是一种"生活中的人格化"视角,由此也必然显现出更多的缺陷。实际上,福柯所说的"人死了",某种意义上也是暗示文学之中、暗示知识分子的"人格化的主体性"的丧失,即"作者死了",文学只剩下"文本",而不再具有"人格化意义的作者"。就鲁迅而言,他强调文学创作的意义不在文学本身,而在于"引起疗救的注意",旨在启蒙以立人。他的文学世界虽然足够庞大,但却没有体量稍大的长篇小说,有人认为这是鲁迅离世太早的原因,然而,文学史上许多长篇杰作问世的时候,其作者都不及五十岁。莫言在获得诺贝尔文学奖时还不到六十岁。虽然莫言没有在"人格"上赢得鲁迅式的尊敬,但却写出了《丰乳肥臀》这样的几近乎伟大的作品,更何况,他的《檀香刑》《酒国》也有过之而无不及地传达和书写了与鲁迅同样的主题。我们仅仅用人格的矮化自然会带来文学的退化这样的逻辑，又如何能够说得通？

因此，在2008年，我在出席上海文学界举办的一个"新时期文学三十年"的研讨会上发表过大致如下的观点："如果把改革开放以后三十年的文学和'五四'以后三十年的现代文学做一下比较，我们会发现，现代文学有'伟大的作家'但几乎没有'伟大的作品'，而当代文学虽然没有'伟大的作家'，但却几乎出现了'伟大的作品'。"

这些话当然不可能说服持上述观点的人。但是我们可以设想，即便中国当代的作家们有成为鲁迅式的"文化英雄"的雄心，也很难再变成现实。不但像鲁迅那样的在改革社会意义上的"启蒙主义的文化英雄"已经不复存在，连海子那样"纯粹哲学意义上的文化英雄"也已经成为神话了。以鲁迅为标高要求当代作家，恐怕只是一个勉为其难的幻想。从这个意义上说，莫言说自己只愿意作为一个老百姓写作，无疑也有事实上的不得已。

然而，刨除所有这些当代性的纠结，从更长的历史尺度来看文学，莫言所说的不只是自我的辩护，而是度越百代的事实：

> ……请想想《二泉映月》的旋律吧，那是非沉浸到了苦难深渊的人写不出来的。所以，真正伟大的作品必定是"作为老百姓的创作"，是可遇不可求的，是凤凰羽毛麒麟角。
>
> 像蒲松龄写作的时代，曹雪芹写作的时代，没有出版社，没有稿费和版税，更没有这样那样的奖项，写作的确是一件寂寞的、甚至是被人耻笑的事情。那时候的写作者的写作动机比较单纯，第一是他的心中积累了太

多的东西，需要一个渠道宣泄出来。像蒲松龄，一辈子醉心科举，虽然知道科举制度的一切黑暗内幕，但内心深处还是向往这个东西。如果说让他焚烧了他所有的小说就可以让他中一个进士，我想他会毫不犹豫地点起火来的。到了后来，他绝了科举的念头，怀大才而不遇，于是借小说表现自己的才华，借小说排遣内心的积怨。曹雪芹身世更加传奇，由一个真正的贵族子弟，败落成破落户飘零子弟，那种人情冷暖、世态炎凉的体验是何等的深刻。他们都是有大技巧要炫耀，有大痛苦要宣泄，在社会的下层，作为一个老百姓，进行了他们的毫无功利的创作。因此才成就了《聊斋志异》《红楼梦》这样的伟大经典。

这些话当然没有鲁迅的《中国小说史略》《汉文学史纲要》的论断来得更学术化，更见出一个知识者的素养和见地，但它也同样说出了文学的真理，道出了自来伟大的文学有可能便是"作为老百姓的写作"这样一个事实。因此，道德化的、形而上学地理解作家的精神人格，在有的时候是有道理，在有的时候则是勉强的。严羽说，"诗有别才，非关理也。"有学问的人很多，但未必都能够成为好的作家，懂外文的人也很多，但可能与作家根本就不沾边。仅仅从作家身份、人格的文化状况"倒推"文学的高低，更多时候是不灵的。冯梦龙说，"但有假诗文，无假山歌"，"而歌之权愈轻，歌者之心亦愈浅"。意思是说，写作者的身份越是低微，写出的东西就越真实和自然。中国文学自"书契以来，代有歌谣"，久远的文学传统中，最具活力和最为宝贵的便是其民间因素,而与民间因素生长一起的,也定然是"作为老百姓的写作者"。因此,这实际上也许不只是一个写作身份的问题,而是一个关于文学的过去和未来的基本问题。虽然当代作家的文化身份是相对庸常和粗鄙的,但他们却写出了并不庸常和粗鄙的作品,虽然他们不太具备鲁迅那样出众的自我阐释能力,但却找到了更适合自己写作的角色和位置。在他们这里,身份的降解并不只是意味着文学某种程度的衰变,同时还意味着另一种脱胎换骨的成长,和一种古老而欣然的回归。

知识，稀有知识，知识分子与中国故事

——如何看格非

虽曾写过多篇有关格非的文字，但总觉得还有些话没有说尽。一种强烈的预感告诉我，未来格非将会被重新提起，会得到更显赫的认识与评价。道理很简单，他为当代中国贡献了独特的叙事，同时也在某种程度上修复了几近中断的"中国故事"——从观念、结构、写法、语言，乃至美感神韵上，在很多微妙的方方面面。在他的手上，一种久远的气脉正在悄然恢复。

这无论如何也不是一件小事。这意味着格非将不再是一个只具有个体意义的作家，而同时还构成了一种现象、象征和标记，即，新文学以来隐匿许久的中国叙事，在历经了更复杂的西向学步之后，出现了"魂兮归来"的迹象。更何况，他也同样是一个景观复杂、格局渐大的作家。他写下了属于他自己的好看而有生命力的作品，纠合了现代西方各种思想与观念的作品；同时，他也自觉地传承了兰陵笑笑生和曹雪芹们所创造的中国叙事传统，传承了类似鲁迅、钱钟书、施蛰存一类作家所特有的现代的"知识分子性"。这些这都是非常值得一谈的。某种意义上,他是中国故有传统与现代的双重意义上的知识分子性的自觉传承者。通过他的努力,当代作家在精神的质地与格局上呈现了再度"做大"的迹象与气象。

有很多个角度看格非,这篇力求精短的文字也同样不可能说尽他,依然是盲人摸象的几个侧面。

一、历史诗学与历史哲学

受到当代历史的刺激,作为20世纪60年代出生的作家,格非有强烈的历史叙述冲动。在最早的《追忆乌攸先生》(1986)中,他的这种冲动即暴露无遗。谁拥有历史的叙述权,谁就意味着掌握了历史。作为教书先生的"乌攸"被作为杀戮与强暴的替罪羊,最终被头领出卖且杀死,可看作是他对于历史的一种寓言或解释,尽管这种解释稍显简单和概念化了一点。随后,这一主题不断在他以后的作品中重现,成为一个格非式的历史命题,在后来的许多中短篇以及更晚近的《江南三部曲》中重新被展开。尤其在后者中,关于20世纪中国的历史、关于革命的历史、关于20世纪中国知识分子的命运史与精神史,被再度展开其了内部的全部谱系与景观。

当然,这也可以视为是20世纪五六十年代出生的作家共有的情结,其他作家也涉及了近似或同样的命题,而我要说的,是格非对历史的理解与叙述方式,这是他至为独特的东西。我曾将格非的历史观及想象与叙事方式概括为这样三个方面:一是"历史的偶然论与不可知论",二是"文化心理结构的历史宿命论",

三是"记忆与历史的虚拟论"。①而今,这些看法依然有效。第一,其中的偶然论更多的是来自西方存在主义哲学的影响,因为黑格尔和马克思式的历史哲学对于中国现代以来宏大历史的构建,曾起着深深的支配作用,而关于个体历史的理解与认知对于中国人来说,则是十分陌生的东西。第二,宿命论的东西更多的是来自中国传统文化的熏染,这给了格非的偶然论与不可知的观念以更多本土意味的神秘感。第三,他的关于历史和记忆的不确定性的看法,来源于他对于主体精神构造的复杂认识,这些应该是得自精神分析学的启示。

格非对于历史的荒诞感与荒谬体验的思想来源,首先是中国传统的神秘主义与感伤主义,但更多的是来自西方的存在主义。他相信个体是唯一可信的历史主体,如同克尔凯戈尔所强调的"那个个人"(That Individual)才是他唯一的出发点一样,个体经验与认知中的历史是唯一可信的历史,但个人所面对的历史却总是一个"迷津"般的所在,生存于偶然之中的渺小个体无法掌握自己的命运,而只能成为历史之河中的"迷舟"。

为了说明此种观点,格非在很早就写作了短篇小说《迷舟》(1987)。其中的主人公萧本是北方军阀孙传芳手下的一名旅长,正值北伐战争势如破竹之时,他奉命镇守涟水一带的棋山要塞,而他的同胞兄弟则不期成为北伐军先头部队的指挥官。手足兄弟在战场相遇,成了敌手,这样的人生处境可谓是戏剧性的。萧内心充满了恐慌,但天赐良机,家中忽然传来父亲不幸亡故的消息,他急切回家奔丧,且趁机故意盘桓数日,与当年初恋的远房表妹

---

① 傅小平:《当代文学:有大作无大师》,《文学报》2008年4月24日。

杏有了亲密接触。此时,他似乎"忘记"了大敌当前、大战在即的危险,沉湎于几无来由的缠绵悱恻之中。其间,他听到了种种传言,感受到种种不可名状的恐惧预测,但还是无动于衷。在属下催促他尽快返回前线之时,他还连夜去了一趟榆关,去看望被丈夫残忍地阉割的杏。而此时榆关早已被北伐军占领,他的这一趟私行不可避免地具有了通敌的嫌疑。等到他天亮回到位于小河的家时,他的警卫用枪抵住了他的胸口,说要执行上峰的指示,以通敌罪将其处死。萧情急之下落荒而逃,但不想母亲正在院子里关门捉鸡,打算犒劳一下奔波多日的儿子。萧无处可逃,被警卫击毙。

显然,《迷舟》所要传达的,应该是个人作为历史之中无法驾驭自己命运的一叶小舟的叹息。面对历史的捉弄,命运的操弄,不止个人会无法做出正确的选择,甚至他对自己的内心和无意识活动也无法掌控。它试图说明,在某些历史的关头,或许正是那些难以说清的因素影响甚和决定了历史,历史的歧路丛生中看起来彼此背道而驰,实际却只有一念之差、半步之遥。某种意义上甚至也可以说,是"无意识"和"下意识"地支配着人物的行为,也驱动铸造了历史,历史的隐秘性和荒谬性正在这里。如果萧不是一个内心孱弱敏感的人,如果他根本上就是一个"粗人",他就不会在大战前产生出无法医治的"忧郁症",不会在潜意识里产生难以抗拒的通敌担心与"犯罪感",不会在内心充满深渊般的"自我暗示",也不会在紧急和危险时刻鬼使神差地"忘记"了带枪。这一切都是他按照自己的"无意识指令"一步步滑向深渊的步骤,是他内心逻辑的不经意的体现。

《迷舟》的情景与笔法类似于一个"梦境的改装",其中的混乱、暗示、无意识活动的细节与场景都表明了它的梦境性质。格非将一个梦与历史的某些段落予以重合的处理，反而使历史的书写散发出更丰富的精神意蕴。

其次，所谓"文化心理结构的历史宿命论"，从本体上属于中国人的文化，但在方法上是得自西方人的认识。这是20世纪80年代作家所热衷的一个命题：家族的衰亡史说明的是一个文化心理的痼疾；反过来，一个文化与心理的构造也会导致一个家族的兴衰史。家族是种族和国家的缩微的标本，所以写家族史便是在探究国家的历史。格非在这里似乎显示了从寻根作家那里传承来的"对历史的文化反思"冲动，但细究之，其历史方法中却多了对"无意识世界"的自觉认识。以《敌人》（1990）为例，更可以看出这种不同。格非所集中表达的，是"一个意念的逻辑导致了一个家族的灭亡"的主题，而不只是文化中的某种固有缺陷。这个"意念"的获得，是源于上述文化的赐予。它既表现为个体的潜意识，同时更是一个结构性的"集体无意识"。

在《敌人》中，传统宗法社会的生活方式引发的"仇恨"，导致了"关于敌人的想象"与本能的恐惧，这种恐惧的本能最终又导致了"内部的谋杀"，并终结了一场连环的家族历史悲剧。这个安排显然是有现实的某种隐喻在里面。当赵家被一场无名大火烧掉了大半家产的时候，"谁是纵火者"便成为最大的疑问，族长赵伯衡临死前留下了一份猜测中的"敌人"的名单。六十年以后，这份名单其实早已"失效"，因为所谓的敌人可能早已不在，所谓的恩仇事实上也早已终结，然而关于敌人的想象与恐惧，却彻底压垮了赵伯衡的孙子赵少忠。在度过了六十岁生日之后，赵少忠先后杀死了自己唯一的孙子、两个儿子，放任两个女儿的婚事，导致其一个惨死，一个备受煎熬。最终赵少忠完成了他"剪枝"的工作——对于"敌人"名单的长久思虑使他获得了这个下意识的强迫症式的动作，也完成了"敌人"想做的一切。当他亲手杀死了长子赵龙之时，他感到了一丝从未有过的轻松。

《敌人》显然也是一个古老的"劫数难逃"的故事，财富导致了"大火"，但真正的颓败则是发生在自己人的手里。作为传统社会的一个缩影，赵家演绎着富贵无常、盛衰轮回的古老故事，也演绎着中国传统社会内部结构运行中的固有逻辑，一个宿命论的悲剧历史模型，这与现代以来的"进化论"的历史观是相悖的。但是，当我们转换视角，它似乎也有"现代性"的一面：假定赵家并不存心要追究"敌人"，而是以和解姿态来面对灾变，便不会导致几代人不堪重负而心理失衡。是"冤冤相报"的传统文化心理结构导致了这个悲剧。这一点在中国文化中可解释为"宿命"，在西方文化视角来看则是"心理结构"的产物，一个结构主义的历史逻辑。

从叙事诗学的角度，格非也同样有着非同寻常的自觉，早在他1988年的短篇《褐色鸟群》中，这一点已经十分明晰。小说的核心思想即是讲述"叙述是靠不住的"这样一个道理，因为"记忆本身是靠不住的"，更谈何叙述。从这个意义上说，海登·怀特所说的任何历史都是"作为修辞想象的历史"的说法是有道理的。在《褐色鸟群》中，格非使用了几个有意思的比喻，来设定"讲述本身的不可靠性"。一位似曾相识的女子"棋"，来到我子虚乌有的写作之地"水边"，两人有了一个温馨的夜晚。但夜晚是在"讲故事"中度过的，棋是听者，"我"是讲述者，"我"分两段叙述了一个纯属随机虚构的故事，大抵是对一个女人的妄想和追逐，其间混合了与棋的对话、棋的吃醋与离开等。对话中还涉及了现实中的人物，比如"李劼"，故事也处于支离破碎的状态。最后格非又引入了博尔赫斯式的"镜子"意象，来强化关于叙事本身的不可靠性的解释。当棋一开始出现的时候，她背着一个夹子，我问她，这是一个镜子吗，她回答说不是，是画夹；而最后她再度光临的时候，她似乎已经失去了与我交往的记忆，当我问她"这不是你背着的画夹吗"的时候，她却回答说，这是画夹吗，是镜子。

　　读者当然可以把这篇小说当作一个叙述的游戏，但我们却可以从中看出，人的愿望、欲念、想象和幻觉这些最主观的因素对"记忆"和"叙述"本身的参与和干预，其中的复杂情形至少有这样几种：一、不同的讲述人对同一件事的记忆会完全不一样，"我"明明看见女人上了那座桥，可看桥人却说桥根本就不存在，女人坚称自己十岁以后就没有进过城，可她又说她的丈夫知道这件事；二、"愿望"和"真实"之间是没有界限的，女人丈夫的死，与其说是一个事实还不如说是"我"的一个想象，"我"明明看到他在棺材中还"活着"，却残酷地把棺材盖钉上，这一举动尤其可以看出"潜意识"对记忆的某种干扰和"篡改"；三、同一个人在不同语境和不同时空里会有完全不同的认识方式与记忆，棋前后所带的东西在"我"看来没有区别，但她自己却微妙地将它们区分为"画夹"和"镜子"。正是这个东西导致了她和"我"之间的错位和陌生感。其实无论是镜子还是画夹，它们都是人的"认识"的某种形式，和"真实"之间永远是有距离的。

　　小说中有一句极富哲理的话——"你的记忆已经让小说给毁了"，它揭示了"叙事"对记忆的"篡改"和破坏性的作用，这既是对"文学叙事"而言的,对于"历史叙事"也同样适用,正如新历史主义理论家所阐述的"诗学",对于文学和历史学来说,"文本"在本质上都是一种"诗学活动",叙述会使得历史呈现出面目全非的结果,在叙述中,历史呈现着无数的可能性。因此,机械地追寻所谓"历史的真实性",而不对叙述本身保持警惕和反省,是最愚蠢的认识。

另外,作品中"故事""画夹""镜子"这样一些关于"认识""反映""叙述"的概念,与"事实""历史"和"真实"之间完全不是想象中的对等关系,他们就像黄昏或者某一时刻盘旋在天空的"褐色鸟群"一样,是实在而又虚幻的,上下翻飞,闪烁不定,如若梦幻。格非以此来隐喻叙述中无限的歧路性和不确定性,使之具有了"关于叙述的哲学寓言"和"关于历史的诗学分析"的浓厚意味。

二、精神分析学

上文所述几个作品中的情境,至少有两个是明显的"梦境改装"式的书写。首先,《迷舟》很像是一个"春梦"与"政治梦"的混合,出生于20世纪60年代的人都有类似的经验。其中战争的背景是拜过分浓郁的政治气候与童年经历所赐,而与情人幽会的场景则来源于隐秘的性的无意识。小说中反复书写到人物的漂浮感,失去自制力的情况,混乱的行为逻辑,困窘和"忘记带枪"的细节等等,都显露着其梦境的性质。《褐色鸟群》更是如此,小说中棋的乳房"像暖水袋一样"触到"我"的手上一类细节,目击女人的丈夫掉入粪坑淹死后自己参与了他的入殓等情境,都表明其来自梦境的底色。因为在现实中，明知其丈夫并没有死亡（"我"看到他因为嫌热而试图解开上衣的扣子）而将棺盖扣上，显然是不合法的，不可能被容许的。

精神分析学对于格非的影响，迄今在当代中国作家中可谓是最显豁的，在女作家中最明显的自然是残雪，男作家中则无疑是格非。这或许与他早年的环境暗示有着某种关联，格非读书一直到博士的华东师范大学，也是中国现代的"新感觉派"作家施蛰存居住的地方，出于上海、华东师大这样一个身份，或多或少会对他这方面的兴趣有些暗示作用。另一方面，最主要的因素，当然还是对于精神分析学理论的热衷与体悟。我无从考证格非的理论阅读，但从他的作品中，却分明可以看出来自精神分析学的深刻印记。

在《春梦，革命，永恒的失败与虚无》一文中，我曾经谈及格非小说中人物的"泛哈姆雷特性格"，不论男女老少，在格非的笔下，均有类似于哈姆雷特式的敏感与多疑，错乱与深渊的性格逻辑，最早的乌攸先生、《迷舟》中的萧、《傻瓜的诗篇》中的杜预、《敌人》中的赵少忠……这些人物，还有《江南三部曲》中的三代人、陆秀米、谭功达、谭端午，以及谭端午同父异母的哥哥王元庆，以及最新的中篇小说《隐身衣》中的男主人公"我"，无不有着敏感与忧郁的性格，有着精神分裂式的，或近乎忧郁症、强迫症式的人物。《迷舟》中的萧，即便作为一个军阀的指挥官，也同样有着哈姆雷特式的优柔与延宕，他的悲剧几乎完全是由自己的性格弱点所致；赵少忠是一个典型的"获得性强迫症"患者，他一生被给定的"排除法"的思维逻辑，最终使他陷于自我杀戮的疯狂陷阱；作为精神病医生的杜预，在对精神病人实施了"弗洛伊德式治疗"的同时,又因为家族的遗传(父亲是诗人、母亲是精神病患者),诱奸了女大学生莉莉的罪错,而陷入了严重的精神焦虑,最终因为各种刺激而导致精神分裂;《人面桃花》中的陆秀米,作为一个女性也同样有着类似哈姆雷特的敏感与多疑,有着"局外人"的失意情绪,以及固执地走向深渊的失败性格;《山河入梦》中,谭功达传承了母亲与外祖父的性格,雅好"桃花源"式的梦想,脑子里永远充满了浪漫与不切实际,且同样有着"局外人"式的失败情绪。在谭功达这个人物身上,作家同时还赋予了他中国式的"贾宝玉性格",在对待仕途和情感方面,他没有一次是按照世俗与官场逻辑去出牌,而总是按照反世俗、非驯化、拒绝长大的思维方式去行事,所以他最终也无法不成为一个失败者。《春尽江南》中的谭端午,更是一个典型的"多余人"式的人物,经历了当代中国政治的急风暴雨,他退隐江湖,隐居于日常生活之中,被彻底逐出了主流和中心,并且不可避免地具有了双重性格:作为当代知识分子的一个隐喻符号,他延续了现代以来知识者的社会担当角色,但更多地却是回到了中国传统文人的生活方式,安贫乐道也明哲保身,随遇而安却不随波逐流。在他身上,可谓既有现代的"狂人"与"零余者"的意味,也有着当代"愤青"与"犬儒"的混合性格,有着天然的桀骜不驯和"被去势"之后的逆来顺受。

所有这些人物都不可避免地带上了精神现象学的意味。他们的行为与自己的身份和时代之间,总是处于一种错位关系,性格中的某种深渊与"异类"气质总是会给他们带来厄运,在现实的利益格局中,他们总是处于局外人或失败者的角色。

在《江南三部曲》中,我以为格非的一个非常重要的题旨,即是要凸显一个"革命者的精神现象学"的命题。他成功地揭示了革命者理想主义的个体气质与革命的暴力实践之间的奇怪关系：首先是这些人发起和领导了革命，之后他们的内心弱点很快使之变成了革命的同路人，再之后便成了痛苦而尴尬的局外人，最后变成了革命的弃儿或者被牺牲者，直至变为革命的对象。陆秀米、谭功达、谭端午这三代人无不如此。这非常有意思，之前也有作家如张炜、李洱等，都曾在其作品中揭示过类似的主题，《家族》写了革命者的信仰与革命的暴力行为本身的冲突，《花腔》揭示了革命历史中"个人之死"的深刻秘密，但相比他们，格非更注重的是从主体自身的性格与心理角度，揭示其精神与文化的悲剧缘由。在他的笔下，个体的精神气质被赋予了极其敏感的性质，这只能解释为是对于"知识分子"这个特殊群体的一种文化认知，同时也是对于"革命"本身的思想与实践之间的根本对立的一种哲学解释。与丹尼尔·贝尔所揭示的"革命的社会学"——"所有的问题都发生在革命的第二天"的论断相映成趣，格非更加宿命性地将人性的永恒悲剧，主体的分裂与革命逻辑本身复杂的内在关系揭示出来。

还有关于"精神病的发病机理与治疗"问题的生动解释，这干脆就是弗洛伊德关于精神病的临床治疗的真实写照了。在《傻瓜的诗篇》中，精神病医生杜预与精神病人女大学生莉莉之间成功地完成了一个"角色的互换"——杜预因为垂涎莉莉的身体而设法诱奸了她，在这个过程中，他恰好无意中完成对于病人予以抚慰、诱导、唤醒记忆、谈话治疗的使命；而莉莉则在讲出了她的"弑父"秘密之后而释放了压抑于心中的苦闷，并渐渐恢复了羞耻感和理智，最终治愈出院。而杜预则在更加严重的"失恋"

焦虑中,在经受了贾瑞式的煎熬与冲动之后,最终陷于疯狂。当然,为了使人物的性格与命运更为符合逻辑,格非还为杜预设置了种种遗传背景:作为诗人的父亲、罹患精神病的母亲,以及作为大龄青年的性焦虑、长期的胃病、对于诗歌的喜欢……这一切都构成了杜预最终疯狂的心理背景。关于这一点,笔者在过去的多篇文字中都已有专门论述,这里不再展开。

三、知识与稀有知识,以及知识分子叙事的可能性

前文中实际已经从不同侧面展示了格非小说中"知识的本体地位"。在现代以来中国作家中不乏具有知识分子气质的一类,"五四"的一代或多或少几乎都具有这样的气质,在30年代的上海也孕育了"新感觉派",在"京派"作家中则有沈从文、废名、萧乾、师陀一类颇具文人气质的一脉,40年代又有钱钟书这样典型的知识分子叙事的作家。但在当代作家中,有这样气质的人却属凤毛麟角。某种程度上这也是长久以来人们喜欢贬低和诟病当代作家的一个理由,原因很简单——当代作家是"没有文化"的一群。这固然是偏见,诗有别才,非关理也,小说写的好不好,通常与作家的学问并不完全成正比。但反过来说,当代作家中缺少学者类型的一派,当代文学中罕有真正的知识分子叙事,却也是不争的事实,在文本中我们通常看不到作家丰富的学识、不凡的气度、高深的雅趣,也很少看到以知识分子、书生或者具有传统根性的"文人"为主要角色的故事。而格非的存在,在一定程度上为当代作家挽回了一点"面子"。

知识进入小说当然谈不上是问题。问题在于进入多少、显形

的程度、进入的方式,这些是具体和需要讨论的。某种意义上,当代小说的变革正是大量西方现代知识进入的结果,比如现代主义精神、存在主义哲学、精神分析方法、结构主义和解构主义的文本技术,乃至于女性主义、新历史主义、后现代主义、后殖民主义等等当代性的意识形态,这些构成了当代中国文学变革的基本方法与动力,当代作家们都或多或少地参与了这个进程。不过,对于大多数人来说,他们的知识通常只是作为"方法",而不是作为"学问"出现,通常是隐含其中的,不会以令人敬畏、讶异和仰慕的形式出现。但在格非的小说中它们出现了,比如在《人面桃花》的后半部中假借秀米与喜鹊的唱酬所展示的旧诗写作,所谓《灯灰集》云云,其实都是出自格非自己的手笔——必须说,或许格非的自由体诗写得一般,但他的旧体诗却是写得极好的——"师法温、李,略涉庄禅;分合有度,散朗多姿……",这些话当作其"自诩"也不过分。其中与"元刻本"的《李义山集》等的"互文"关系密集交汇,更显其幽密而古奥。纸短意深,在如此简约的闪烁其词中,格非暗含了多少可意会而不可言传的意思在其中,也刻意"嘚瑟"和"显摆"了其高出常人能力与趣味的学问与知识。

必须说,"知识的嵌入"在格非的小说中不止是一种装饰,而是具有不可或缺的参与意义。它彰显着格非小说的质地,并且也成为其作家身份中特有的"象征资本",优越性是无须讳言的。在《春尽江南》中,它也成为人物的身份象征,谭端午之所以能够成为这时代真正的局外人,成为隐于闹市间的真隐士,离开他对于欧阳修《新五代史》之类的著述的研读是很难想象的。小说中甚至十分冒险地将当代知识界的许多真实人物也"嵌入"了叙事之中,围绕一个"学术研讨会"将当代知识分子的群像——不是"群贤",也不能简单地说成是"群丑"——整体地铺展开来。

>……他刚刚提到王安石变法,却一下子就跳到了《天津条约》的签订。随后,由《万国公法》的翻译问题,通过"顺便说一句"这个恰当的黏合剂,自然地过渡到对法、美于1946年签订的某个协议的阐释上。
>
>"顺便说一句,正是这个协议的签署,导致了日后的'新浪潮'运动的出现……"
>
>研究员刚要反驳,教授机敏地阻止了他的蠢动:"我的话还没说完!"
>
>随后是GITT。《哥本哈根协定》。阿多诺临终前的那本《残生省思》。英文是 The Reflections of the Damaged Life。接下来,是所谓的西西里化和去文化化。葛兰西。包德里亚和冯桂芬。AURA究竟应该翻译成"氛围"还是"辉光"。教授的结论是:
>
>中国社会未来最大的危险性恰恰来自于买办资本,以及正在悄然成形的买办阶层……

这种叙事让人想起钱钟书《围城》中的许多场景,大量的新知、西语词汇或语句、智慧的谈吐与对话、文本掌故互文插接等等汇集其中,构成了一种充满知性乐趣的叙事体与语言流。当然,其合法性首先在还是来源于对"知识叙事"本身的一种戏谑和嘲弄、颠覆和讥讽,表明了当代社会"思想贫乏而知识过剩"的尴尬现状,以及知识分子形大于实、言大于用的畸形禀赋。不过,这种叙事确乎夹杂了大量的知识信息，使其在充满特殊的密度与压力的同时，也洋溢着一种奇怪的优越感。确乎事情是两面的，在指向戏谑的时候，有关知识的叙事是从负面蜂拥而出的；但在另一种比较严肃的情况下，知识则生发着固有的优势，它表明了主体的博学与出众、稀有与骄傲。在另一部近作《隐身衣》中，格非刻意描写了当今社会中的一种身份特殊且隐而不显"高级人群"，一个叫作"音乐发烧友"的稀有人群的生存状况。他们有的是有身份的大学教授、知识分子，有的则并无显赫头衔，但都是音乐这一行当中的全能人物，从唱机硬件的配备组装，到对于古典音乐的精细领略与独到阐释，都令人叹为观止。

上述情形当然还不足以支持格非构造一种新型的知识分子叙事，他同时还须辅以密集的思想含量——当代性的观念烛照，充满机锋和雅趣的语言，不断引经据典和嵌入历史掌故的细部经营，还有传统小说中唯美与感伤的情调，来自《金瓶梅》或《红楼梦》中的那种简约精细而富有形质的叙述笔法……但这一切最终、最根本的还取决于人物——其所刻画的具有知识分子的属性与气质、心灵与命运的人物，他们的悲欢离合与兴衰际遇可以成为20世纪中国历史的别样见证，构成革命者前仆后继的精神史诗，只有如此，才算得上是真正构造了当代中国的知识分子叙事，而不只是构造了写作者自己的知识分子身份。

格非确乎做到了。

最后，还须说的一点是，在当代作家中，格非所建构的自我身份，正在明显地区别于其他人——大部分作家的身份要么是体制内的，要么是民间的，要么是接近于一种"意见人士"的，要么是纯然的西方或现代意义上"知识分子"的。唯有两种身份比较罕见，即"文人"——传统意义上的"文人"，而不只是现代意义上的"知识分子"。这种作家在今日中国很少，贾平凹算一个，他身上旧文人的气息与做派还是比较明显的，保有的写法与风格也几近于旧文人的趣味。而格非在典范的"知识分子型"的作家中，也具有了一部分"文人"的因素，标志就是他在小说中对于古典传统的精妙领悟与创造性的借用，还有他的人物身上的那么一点点传统的"颓废气息"。这点对他来说将非常重要，他将以此成为中国本土叙事传统与美学的最合适和高明的传人，这将推动他走得更远，也将流传更远。

2014年6月28日深夜，北京清河居

主义与逻辑：再谈理解余华的几个入口

一、小引

关于余华的研究，经过了一个非常有戏剧性的转折。早在20世纪90年代，关于他的研究尚不成熟，少量文章质量非常之高，但是并没有成为一种流行的"大众知识"。而到了世纪之交以后，随着他90年代前期接连推出的几部长篇小说《在细雨中呼喊》《活着》和《许三观卖血记》逐渐被一般读者接受，关于他的研究也热了起来，一度时间里，"苦难""暴力""温情""救赎"等等说法，甚至"重回现实主义"等都成为一种人尽皆知叫人读之不免心烦的稳定知识。在高校的本科生、研究生的论文中也成为出现频率最高的题目。这意味着，余华确乎已经随之成为一个经典作家，一个可以进入到文学史谱系与知识序列的作家。这种特殊的经历，确乎也影响了余华——使他变得前所未有地审慎起来，居然有长达十年的时间没有出版新的长篇小说作品。

因为这种情形，笔者在2002年的一篇《文学的减法》中，曾经在结尾处谈到了余华的"早熟"的困境——当他的形式感极强的简约风格达到了一个难以超越的境地的时候,他确乎很难再迈出新的步子,因此我在文中写道,"即便是以《许三观卖血记》为结尾,也未尝不是一个好的结尾了"。这当然只是一个比喻的说法,谢天谢地没有成为一个不幸的乌鸦嘴的预言。稍后余华在2005年到2006年,即接连推出了他写作以来体量最大的一部小说,《兄弟》的上下两卷,共计50余万字。然而没有人想到的是,此前的余华作为作家几乎成了圣人,他所到的赞誉声几乎是无保留的,他已经成为先锋作家的精神标杆、当代文学的文本典范。可是从《兄弟》开始,这种完美的身份和声誉却并未因为他审慎的延迟而得以保持,反而被销蚀殆尽,余华重新回到了毁誉参半的窘境。

记得在2007年新年前夕的平安夜,我曾与余华通过几个互致问候的短信,最让我印象深刻的是,他说:"上半年是风雨交加,现在终于雨过天晴了。"他的意思是,这一年的早些时候,关于《兄弟》的争议还很激烈,等到秋季上海的批评家召开了研讨会,从总体上认可了他的作品,陈思和教授还在《文艺争鸣》上发表了长文《我对〈兄弟〉的解读》①,事情大致可以说尘埃落定或一锤定音了。我当然是认同这个看法的,确乎一向浮躁的批评界并没有针对《兄弟》做出客观耐心的细读,更没有从中国当代社会经验的混乱实质上、从艺术史和美学创造的角度,对《兄弟》的意义做出深入的解释,而上海的批评家做到了。余华有理由感到欣慰。如今在稍稍拉开了一点时间距离之后,我们也确实可以更清晰地看到,《兄弟》在寓言性与戏剧性上,在它拉伯雷式的

---

① 莫言:《文学创作的民间资源——在苏州大学"小说家讲坛"上的演讲》,《当代作家评论》2002年第1期。

刻意粗放、粗鄙的叙事上，在叙述风格上的刻意荒诞化的处理上，都是相当成功和智慧的，否则，它无法实现对于当下经验的处置，对于现实社会情境的描写，也无法完成一个关于中国当代历史的转折与蜕变的悲剧寓言。而它叙事中的某些粗粝与过分夸诞的问题，也会随着时间的流逝而变得不那么重要；它对于当代中国人所经历的一切的简约与变形的戏剧化处置，则会越来越凸显出其艺术的匠意与合理性。

然而这也并未使余华回到先前的"圣人"地位，他仍然被置于某个价值争议的焦点之上。有人甚至会觉得余华已经完了，江郎才尽了，在成为"富豪"作家的同时也堕落了，连一部靠谱的小说也写不出了。尽管他几乎仍然是高校学生学术论文最频密的选题，但在国内批评界所排定的地位格局中，他确实有被渐渐挤出核心的可能。不过，这一切等到《第七天》出版时就显得微不足道了。在2013年夏天之前，虽然这部新作在首版就卖到了60余万册，但网上和大众纸面媒体上却几乎是一片骂声。余华几乎变成了被抛弃的作家。虽然他到目前为止仍是中国当代最具海外传播与影响力的作家，但作为批评现象，他的遭际确乎值得我们思考。他究竟是一位怎样的作家，我们究竟应该如何认识他的价值，他的刻意挑战读者趣味与习惯的写作，究竟应该如何评价？本文中，我将尝试在前面的几篇文字之后，再对一些关键的角度做一些探讨。

二、极简主义，或余华与鲁迅的关系

作为一种"拟古"式的风格或写法，"简约主义"或"极简主义"的说法，源自人们对美国作家雷蒙德·卡佛的一种理解或看法。

但其实，无论在中国还是西方，简约的叙事并不罕见，甚至还是一个传统。欧洲中世纪以前的类型化小说中有很多是简约的、故事化的，如流浪汉小说、历险记小说、骑士小说，更早的包括古希腊的传奇小说，虽然故事是曲折漫长的，但程式化的情结模式与纯情的人物性格，也都使之浅白如话。另外，接近民间故事的《一千零一夜》和《坎特伯雷故事集》等，都是十分浅白的叙事。在中国，清代的《聊斋志异》无疑是高度简约的，连篇幅文字都短到了不能再短。由此追溯历代的笔记小说，都无异于极简的写法。当然，简约并不只是体现在篇幅字数上，还体现在形式和叙事的风格上，须是接近于浅白的，有"拟儿童叙事"特征的。常见的特征是：人物的性格是相对"弱智"的；故事情节须是高度形式化的，有相对固定的套路与模型；语言浅近，表层风格上尽量做到透明和"减裁化"。

然而现代的小说因为要表达更为复杂的内容，要建立过于简约的叙事，确乎是逆向而行的，因此典型的案例相对少见。在新文学以来假如要找"极简主义"写作的例子，就笔者所见，大概只有两个人是最合标准的，一个是鲁迅，另一个就是余华。鲁迅的极简主义表现在他叙事的简练上：形式感强，人物性格及描写简单，故事线条不枝不蔓，语言干净浅白——最重要的是还有"适度的重复"。在他最具代表性的篇章中，大约都有这样几个元素：一是情结描写往往有"重复中的不同"，如《孔乙己》中三次光临咸亨酒店，"穿长衫却站着喝酒"的落魄文人，他每次出现的细节都是酷似中有微妙差异。还有《祝福》，其中写到祥林嫂的样子也是用了三个重复的场景，每次主人公的肖像描写都发生微妙的变化。这些重复中的变化增加了小说的戏剧性与人物的命运感,也让人更容易记得住。二是人物的性格往往是有缺陷的,喜剧的或者是低能化与弱智性的,都是典型的小人物,如阿Q、祥林嫂、七斤等;有些则属于符号化的人物,如狂人、孔乙己等。其中喜剧性人物尤其具有强烈的简单化倾向。第三,风格化的书写,鲁迅喜欢漫画化地描写人物与故事,线索简单,语言简洁,这些都是他之所以能够成为新文学之叙事典范的原因。

余华与鲁迅的渊源或许有许多值得探究之处,比如都是浙江人——海盐与绍兴相去不远;作为20世纪60年代出生的人,其童年的阅读中鲁迅会不可避免地成为重要的一部分,等等。余华受鲁迅的影响可见诸他的许多文字,1999年余华在编辑一本强调个人趣味的小说选的时候,曾毫不吝惜笔墨地对鲁迅大加激赏,他说:"鲁迅和博尔赫斯是我们文学里思维清晰和思维敏捷的象征,前者犹如山脉隆出地表,后者则像河流陷入了进去,这两个人都指出了思维的一目了然,同时也展示了思维的两种不同方式。一个是文学里令人战栗的白昼,另一个是文学里令人不安的夜晚;前者是战士,后者是梦想家。"他称赞鲁迅和博尔赫斯"都是叙述上惜墨如金的典范,都是文学中精瘦如骨的形象……"什么是"极简的"或"简约主义"的思维?从这些比喻中我们就可以看出——一种高度提炼并同时赋予其形象的思维。当评论到《孔乙己》的时候,余华又说,"鲁迅省略了孔乙己最初几次来到酒店的描述,当孔乙己的腿被打断后,鲁迅才开始写他是如何走来的。这是一个伟大作家的责任,当孔乙己双腿健全时,他可以忽略他来到的方式,然而当他的腿断了,就不能回避。于是,我们读到了文学叙述中的绝唱……""这就是我为什么热爱鲁迅的理由,他的叙述在抵达现实时是如此的迅猛,就像子弹穿越了身体,而不是留在了身体里。"

但其实鲁迅的写法虽一直被人们奉为经典,却没有人敢于模仿使用。在新文学诞生以来,还没有一个类似的例证,敢于使用《孔乙己》和《祝福》式的写法,因为这太容易落入一种不平衡了,一种光焰逼人的比照会使模仿者显得无比渺小。而余华却不一样,他对于鲁迅深入骨髓的体味使他不由自主地放大了胆子——或者说已变成了一种叙述的无意识。也许正是因此,我们才在他的《许三观卖血记》中看到了鲁迅式的手笔,他十二次卖血的经历同孔乙己三次来到咸亨酒店的情景,是多么异曲而同工,区别仅仅在于"三"和"十二"这样频率的不同。很显然,要想完成一个万字以内的短篇小说,"三"也足可以代表一生;而要实现一个长篇小说的叙事,"十二"则是一个合适的修辞。同时,人物是相近的,是卑微和有弱点的、几乎"没心没肺"的小人物,可以与儿童智商大体相当的人。所以,许玉兰也可以像《祝福》中祥林嫂一遍遍对着大街上的人说"我真傻,真的……我单知道下雪的时候野兽在山坳里没有食吃,会到村里来……"一样,会一遍遍与镇上的人讲述,"天呐,我前世造了什么孽啊?今生让何小勇占了便宜……"这样的描写真的完全可以看作是一种致敬的关系:

> 她就只是反复的向人说她悲惨的故事,常常引住了三五个人来听她。但不久,大家也都听得纯熟了,便是最慈悲的念佛的老太太们,眼里也再不见有一点泪的痕迹。后来全镇的人们几乎都能背诵她的话,一听到就烦厌得头痛。"我真傻,真的,"她开首说。

"是的,你是单知道雪天野兽在深山里没有食吃,才会到村里来的。"他们立即打断她的话,走开去了。

许玉兰这时候的哭诉已经没有了吸引力,她把同样的话说了几遍,她的声音由于用力过久,正在逐渐地失去水分,没有了清脆的弹性,变得沙哑和干涸。她的手臂在挥动手绢时开始迟缓了,她喘气的声音越来越重。她的邻居四散而去,像是戏院已经散场。她的丈夫也走开了,许三观对许玉兰的哭诉早就习以为常,因此他走开时仿佛许玉兰不是在哭,而是坐在门口织线衣。然后,二乐和三乐也走开了,这两个孩子倒不是对母亲越来越疲惫的哭诉失去了兴趣,而是看到别人都走开了,他们的父亲也走开了,所以他们也走开了。

其实,某种程度上《许三观卖血记》就是可以视为像鲁迅致敬的小说,其中神似的地方实在是太多,许三观三个儿子的出生一节,许三观饥饿中为许玉兰和三个儿子"用嘴炒菜"一节,还有卖血中的许多细节——卖完血到胜利饭店喝黄酒、吃炒肝尖等等的重复描写,都与《孔乙己》《祝福》中的笔法至为相像。假如上升到一个小说诗学的问题,我们或许可以引用解构主义的大师、耶鲁学派的代表人物希利斯·米勒的理论,他从普遍的意义上分析说,"任何一部小说都是重复现象的复合组织,都是重复中的重复,或者是与其他重复形成链形联系的重复的复合组织。在各种情形下,都有这样一下重复,他们组成了作品的内在结构,同时这些重复还决定了作品与外部因素多样化的关系,这些因素包括,作者的精神或他的生活……作品中人物或他们祖先意味深长的往事，全书开场前的种种事件。面对所有这些重复现象，疑问接踵而至：是什么支配着这些重复创造的意义？对一个批评家来说，当他面对一部特定的小说时，他需要具备怎么样的方法论上的前提才能支配这些重复现象，有效地阐释作品？"或许米勒的解释过于泛化了，已经是在一种普遍的诗学意义上的讨论，但以足够给我们启示，重复是小说叙事中极为普遍和关键的部分，而某种戏剧性的简约或者简化的效果，就诞生在这种重复之中。

余华小说中极简主义的另外形式，还可以举出两种情况，一是早期小说中《鲜血梅花》一类，它用了反讽的方式戏仿了金庸或古龙的武侠小说，这些小说是这个年代最为流行的东西。有似当年塞万提斯用《堂吉诃德》巧妙地反讽了泛滥于西班牙的骑士小说一样，是典型的四两拨千斤的方式，他从类似的叙事中抽象出了一个"结构"，一个讲述的模型，并且戏用了它，从而造成了一种"解构主义实践"的效果。这篇小说的篇幅只有不到三千字，故事的所有背景都省略了，而夸张烦琐地重复的却是人物行走的线路，武林大师的孱弱后代行走的是两个无意义的圆，但却完成了他英武一生的父亲无法完成的"复仇"——是"无为而无不为"地，无意地完成了借刀杀人的"复仇大业"。它用了一个毫无武功的角色，轻巧地颠覆了一个打打杀杀恩怨轮回，颠覆了武林叙事的无限复制。

另一种是类似《两个人的历史》中的那种描写，这个几乎被人忽视的小说，是一个余华式的极简叙事的典范。严格说来，它像是一个"长篇小说的提纲"，用了不到三千字就写完了两个人的一生，围绕的主要细节则是两个主人公对"梦"的谈论，一生的美好和幻灭都与各种不同的"梦"有关，但从"尿床的梦"到革命的梦，从兰花梦中的谭博到他现实中一模一样的归来，从再"没有梦"到晚年的死亡恐惧的噩梦……在贯穿了半个世纪的五个时间点上分别谈论梦，对两个人来说却有如此不同的背景、心境与意义。余华用这样的方式深刻地喻指了历史本身翻云覆雨的欺骗性，以及人生本身的虚无。用了叙事中"无限的简"，戏拟和隐喻了历史与人生中"无限的繁"。

其实，在《活着》《兄弟》《第七天》等其他的长篇中，类似"叙述的简"也普遍存在，只是化身为不同的形式与构造。《活着》通过对人物性格与命运的减载式处理，使一个巨大的悲剧获得了恰如其分的美学控制；《兄弟》因为高度戏剧化和荒诞化的处理，而使一个庞杂的历史叙述获得了洗练的形式；《第七天》中，因为"叙述的幽灵化"而获得了一个特殊的"过滤与升华"，使文本显示出为通常的"现实主义"叙述无法抵达的哲学之境。这些当然需要通过精细的文本解析才能说清，但总体上，余华早期作品中"繁难中的简约"，与后期作品之"简约中的丰富"，都可以构成当代文学中的某种奇观，以及文本与美学、形式与主题的处置的典范。

三、形式主义，或叙事的戏剧逻辑

"叙述控制了我的写作。"很长时间里我一直思考余华在《兄弟》后记中的这句话。向来都是写作者控制叙事，叙述何以能够控制人？这其实是一个叙述逻辑的问题，好的叙述会有内在的逻辑，性格的、戏剧的、艺术的和美学的逻辑，是它们共同生成为一种"叙述的绵延力"并"控制"了作家。它们当然不会自动找上门来，实际还是作家找到了它们，并且一旦找到它们就如魂魄附体般地作用于叙事之中、作家身上，产生出奇妙的自动生长与绵延的效能，并最终成为一种有意思的"形式"。

细心的读者会发现，《许三观卖血记》的结尾是用了一句脏话，叫作"这就叫屌毛长出得比眉毛晚，长得倒比眉毛长"。这是许三观破涕为笑的一句话，到这里小说戛然而止。古今中外，以一句骂人话结束其叙事的，我们目力所及，可谓闻所未闻。但如果认真读下来，却不会觉得这句话脏，因为它是出自一个小人物之口，它符合许三观这样一个小人物，一个历经磨难也并未"成长"的底层小市民的性格，符合他的话语逻辑，也符合小说的叙述逻辑。之前，许三观最后一次尝试去医院卖血，这一次不是为了缺钱，而是为了许多说不清楚的目的：一是他生活好了，但一直在想"以后家里遇上灾祸怎么办"，卖血是他一生唯一能够应急的办法；二是他忽然非常想喝一回黄酒，吃一盘炒猪肝，因为这是他曾经的卖血生涯的一部分，是他的"底层经济学"的核心，只有卖了血他才会舍得喝黄酒，才会觉得踏实和"合算"；第三，这大约也是他内心深处"忆苦思甜"的冲动，他要提醒大家，尤其是三个儿子，自己是从艰难中走过来的，曾经多么不容易，他要再次展现一下他的价值；第四——也可能是他最自我的一点动机，大概就是想证明自己身体依然健康，依然"能够卖血"。总之这些都已经化为了他简单而复杂的无意识。过去的十一次卖血都是为生活所迫，但这一次却是为了"忆苦"而卖，为了"证明能卖"而卖。所以，在新来的年轻血头拒绝并讥讽他"你的血只配卖给油漆匠"，当猪血来用之后，他忽然哭了：

许三观开始哭了，他敞开胸口的衣服走过去，让风呼呼地吹在他的脸上，吹在他的胸口；让混浊的眼泪涌出眼眶，沿着两侧的脸颊唰唰地流，流到了脖子里，流到了胸口上。他抬起去擦了擦，眼泪又流到了他的上，在他的掌上流，也在他的背上流。他的脚在往前走，他的眼泪在往下流。他的头抬着。他的胸也挺着，他的腿迈出去时坚强有力，他的胳膊甩动时也是毫不迟疑，可是他脸上充满了悲伤。他的泪水在他脸上纵横交错地流，就像雨水在窗玻璃上，就像裂缝爬上快要破碎的碗，就像蓬勃生长出去的树枝，就像渠水流进了田地，就像街道布满了城镇，泪水在他脸上织成了一张网。

他无声地哭着向前走，走过城里的小学，走过了电影院，走过了百货店，走过了许玉兰炸油条的小吃店，他都走到家门口了，可是他走过去了。他向前走，走过一条街，走过了另一条街，他走到了胜利饭店。他还是向前走，走过了服装店，走过了天宁寺，走过了肉店，走过了钟表店，走过了五星桥，他走到了医院门口，他仍旧向前走，走过了小学，走过了电影院……他在城里的街道上走了一圈，又走了一圈，街上的人都站住了脚，看着他无声地哭着走过去……

宛若音乐中一段激越的快板，余华在一部完全与"抒情"无干的小说的结尾，来了这么激越而又抒情的一笔，又以一个极"俗"的乐句收场，完成了一个从世俗真实的意义上完全不合实际，但却符合"艺术的逻辑"的处置——首先它是身份逻辑的彰显,即使是许三观这样一个底层的小人物,也有因饱经磨难历尽沧桑而百感交集的一刻,所谓"鸟之将亡其鸣也悲",一旦完成了这一漫长的讲述,他作为俗人的一生也终会因为苦难以及苦难的结束而升华,从而充满无声的诗意;其次还有"美学的逻辑",小说从总体属性上无疑是一部感人的悲剧,但因为叙述了两个小人物卑微穷困的一生,小人物性格天然的缺陷让作家无法不选择喜剧的笔法——亚里士多德早就说过"喜剧是对于比较'低劣'的人的模仿"。反过来说,同样是因为余华一开始就选择了喜剧的笔法,才注定了如此这般的结尾,他没有让许三观悲惨地死去,而是让他成功地活到了老年。如果按另一种可能性,余华或许也可以让许三观卖血而死,那样"社会批判"的力量也许还更强,但却违背了小说的叙述轨道与美学逻辑,而且会很落俗套。而坚持了小人物固有的喜剧性格,将一部悲剧的书写染上外在的喜剧格调是再好不过的处理了。所以,在最后用这句脏话结尾,无异于画龙点睛地强调了许三观的性格,最后也凸显了小说的喜剧美学。

由此,余华自己的说法也就得以成立了:"这其实是一首很长的民歌,它的节奏是回忆的速度,旋律温和地跳跃着,休止符被韵脚隐藏了起来。作者在这里虚构的只是两个人的历史,而试图唤起的是更多人的记忆……"这是《许三观卖血记》1998年中文版的自序中余华的一段话。此时余华确实正醉心音乐,而音乐也确乎影响了他。但真正使他获得灵感的,实际还是戏剧的逻辑,他在看似轻松和完全不经意的状态下完成了这个天衣无缝的叙事,创造了一个艺术的奇迹。

其实同一段话里还有一句至为精彩的:

> 书中的人物经常自己开口说话。有时候会让作者吓一跳，当那些恰如其分又十分美妙的话在虚构的嘴里脱口而出时，作者会突然自卑起来……

你也可以将这样的表述看作是一种沾沾自喜，但不是所有人都有这样沾沾自喜的资格。余华的这番话其实还是在说艺术的逻辑——人物的性格逻辑，只有发现并且拿定了人物的性格，才会出现这种"自动写作"的佳境，人物活了起来，无须作者拿捏他强行地这样那样。甚至连作者都会觉得，他说不出这样的话语。此时的作者不过是上帝的一只手，是代造物主在完成一个叙述，而那个叙事冥冥之中早已存在的叙事。

这种情况也适用于《活着》。有人会问：所有的人都死了，为什么福贵没有死？余华当然也可以让福贵死，可是他却没有。答案是一样的，《活着》所写的，本是"比我们坏的人"——这还是亚里士多德所说的话——但苦难让他的生存得以升华，变成了一个"高尚"的人。这里面的哲学与宗教的、罪与罚的含义，我曾在以往的文字中做过讨论，这里不再展开，我要说的是，余华同样是按照小说的叙事逻辑来处理的，假如强行让福贵死去，小说就变成了一个在美学上单一的故事，而且要面临总体上的调整。而将福贵作为一个"未亡人"角色来讲述其亲人之死，更能凸显死亡的可悲，失却亲人的伤痛。这就是"艺术的辩证法"。

还有一点，福贵性格的前后变化可谓突兀：他早年是那样的坏，十恶难赦，后来又是那样的善，惯于忍受人世一切的苦难。但读者却丝毫也不觉得矛盾，这是一个奇迹，其实机缘其实很简单——他输光了家产，由家财万贯变得一文不名，由横行霸道变得可怜兮兮。输光家产成了他人生由恶向善的临界点，也成为他由作威作福到历尽苦难的转折点。这样的安排无疑是戏剧性的，同时也是一个高度寓言化和哲学化了的处理。"财富的原罪"与"苦难的救赎"确乎是一对互为代偿的矛盾，正是他从世俗人生的层面上历经地域般的磨难，他的灵魂才经由苦难而升入了天堂。这正是小说的戏剧性与哲学主旨之所在，没有高度敏感的戏剧才能，不会有如此精当的处理。

当然还有《兄弟》的例子。2005年秋，当《兄弟》上卷出版并被热议，而下卷还未面世之时，我在北师大举办的一个小型研讨会上曾说，我有预感，李光头在下卷里一定把林红搞了。结果到第二年下卷出来时果真如此，刘镇的无赖李光头在成为亿万富翁之后，终于将当年的窥视对象"梦中情人"林红弄上了自己的床，而当年他还是一个穷小子的时候，曾苦苦追求林红而不得；相形之下，刘镇的好青年宋钢却在娶了最美的女人林红之后，在下一个年代里变得穷困潦倒，不得不到处打工出卖身体，并最终在羞愤与绝望中卧轨自杀。或许有人会说，这是否过于戏剧化了，落了俗套，现实生活中能是这样吗。但在我看来，这就是艺术的逻辑，不是余华要刻意这样戏剧化，而是历史本身的逻辑充满了戏剧性。这个戏剧性就如余华在小说的《后记》中所说，是两个时代之间巨大的反差与内在一致性的交混——"连接这两个时代的就是这兄弟两人，他们的生活在裂变中裂变，他们的悲喜在爆发中爆发，他们的命运和这两个时代一样天翻地覆，最终他们必须恩怨交集地自食其果"。余华自己已经用精彩而简短的话诠释了这种戏剧性，也抽象出了小说叙事构造中鲜明的形式感。

谈到形式问题,早在 1989 年,余华在《上海文学》上发表的一篇随笔中,就谦逊而敏锐地提出了"虚伪的形式"问题。但事实上那时余华是委婉而艺术地为他自己、为风行的先锋叙事进行辩护,犹如《红楼梦》第一回中即委婉地指出了自己与"历来野史""才子佳人"之书的不同,同时他也指出了自己与通常的现实主义观念之间的分野。但在关于余华的研究中,我感觉并没有太多人真正重视过这些说法,其实余华的意思是,一个看起来从形式上不那么真实的小说,会更加接近于真实,而对于"人们被日常生活围困的经验而言",他们并不知道作家可以通过看起来虚伪的形式与叙事,去更加切近地抵达真实。也就是说,一部无比真实的小说,恰恰可能使用了某种不真实的表述——这其实就是"寓言",为本雅明所说的现代和哲学意义上的寓言,如同卡夫卡的《变形记》一样。所以余华将他的一个家庭中的连环谋杀的故事称之为"现实一种",意思是,这是"现实之无数可能性中的一种",它并没有发生于"表象现实"之中,但却存在于人们内心的惊涛骇浪之中,昭示着人性的黑暗与人心的凶险,这可谓是萨特"他人即是地狱"的另一个说法。

形式主义决不仅仅是"形式"的问题,它同时也就是"内容"。"形式在某种程度上也决定了内容"——另一位作家扎西达娃在 1985 年的一篇小说《西藏,系在皮绳扣上的魂》中开篇就这样说道。余华更是深谙这一道理。比如,"道德处境与世俗生活的反转"在余华的小说中是如此常见,《活着》中福贵的一生,还有《兄弟》中李光头与宋钢两人的对照式的人生,都表明了"道德状况与财富数量成反比"的古老主题,而小说的对称式的形式感也缘此而得以凸显。在我的另一篇文字中,曾试图将余华的若干小说做出类似数学的分析——画出其中的各种类似于几何或函数图形的结构图，这些结构图式大都与内容是如此一致。比如《现实一种》，其中一个家庭中的七个人物之间发生的对称性的谋杀关系图，其实可以画成一座房屋的结构图。结果令人惊异地显示，在一个房子中，在一爿屋檐下，在一个原本可以其乐融融、温情脉脉的家庭中，居然会存在着如此黑暗的深渊。在《鲜血梅花》中，阮海阔的行走路线图和其他人物的关系图，也可以用非常规整的圆和曲线显示出来。这种情形一直延续到后来余华的长篇小说，在《活着》和《许三观卖血记》中，我们同样可以找出非常规整的人物关系图，找到故事情节发展的曲线图。这一点，因为之前我的文字中已做了探讨①，此处不再赘述。这里我要强调的是，在余华的小说中，形式的注重或形式感的强化，同时也导致了作品的戏剧性效果，使之具有了强烈的结构性与戏剧感，特别是喜剧感——这是另一个重要的诗学问题。在这一点上，余华与鲁迅又是相似的，因为重复会带来强烈的形式感，而形式感与结构性特征的凸显又会使作品彰显出戏剧性，大到故事的整体结构，小到人物的性格特点，"重复修辞"都发挥了重要的作用，比如《风波》中九斤老太所喜欢重复的"一代不如一代"，《祝福》中祥林嫂重复的阿毛的悲剧，《孔乙己》中重复的"不多了，不多了，多乎哉，不多也"，都巧妙地增加了作品风格与人物性格的戏剧性。

要想说清"戏剧性"的问题，大约不是本篇文字所能胜任，因为这个问题实在太复杂了，所以我回避了从诗学本体入手来谈它的危险，而只是谈了一个局部的"戏剧逻辑"的问题，即与"形

---

① 希利斯·米勒：《小说与重复》，宏图译，第3页，天津人民出版社2008年版。

式感"或"形式主义"牢牢长于一体的问题,它在某种程度上规定了叙事的方向,也彰显了叙事的经典型与原型意味。如同出色的戏剧家总是在某个形式限制非常具体的架构下,或是类似"三一律"规定的条件下,完成丰富而激烈的冲突与故事、彰显人物的悲喜与命运一样,很显然,也只有好的作家才会有这样的自觉,以及提炼与运用自如的才能。

四、人文主义,或如何完成对历史及现实的记忆

在1993年余华为《活着》所写的前言中,他曾声称自己"长期以来……作品都是源于和现实的那一层紧张关系","说得严重一点,我一直是以敌对的态度看待现实。随着时间的推移,我内心的愤怒渐渐平息,我开始意识到一位真正的作家所寻找的是真理,是一种排斥道德判断的真理。作家的使命不是发泄,不是控诉或者揭露,他应该向人们展示高尚"。即"对一切事物理解之后的超然,对善和恶的一视同仁,用同情的目光看待世界",由此他感到自己"写下了高尚的作品"。

这段话清晰而暧昧地表达了余华内心深处的一种焦虑,他一向的写作态度。他所说的"与现实的紧张",当然不只是在说基于社会历史态度的紧张,"敌对"和"愤怒"的情绪,等等,同时也是说在艺术和叙事手法上一直受制于人们习惯的"现实观"的窘境,也是在说他一直试图实现的一种真正理想而成熟的现实书写。为此,他一直处于不懈的探求之中。他早期的那些叙事难度极大、形式意味浓厚的作品,在被推崇的同时也被指摘其艰涩难懂,他自己也不得不将之说成是"形式虚伪而内容真实"的作品;

而现在，他可以放弃自己早年在形式上不得已的处置——因为批判的尖锐程度，不得不用了晦涩和暧昧的书写方式。他认识到，更理想的状况应该是用清晰的、自明的叙述，还有超越简单道德判断的"理解"与"宽容"，"超然"与"同情"的书写，来战胜对历史与现实的叩问与拷问中的紧张与自我遮蔽。这从文学的品质与境界上说，的确达到了更高的层级。

但无论作家怎样表述，我们不难看出余华一直以来基本的写作立场，其底色或实质正是地地道道的人文主义。或许他的哲学立场是存在主义的或者先锋派的，但在社会立场的意义上，无疑是由鲁迅式的批判传统延续而来的启蒙思想或人文主义。这一点绝不能被某些占据了优越地位的知识与方法——诸如"绝望""虚无""死亡"等等主题的哲学解释所遮蔽。在《往事与刑罚》《一九八六年》等小说中我们可以明确地看出这一点。"一九八六年"这样一个名称或许与奥威尔的《1984》有某种戏仿关系，但作家所真正要表达的，却是对之前无数"伤痕"与"反思"小说的反省与超越。事实上，之前所有的反思小说都没有真正抵达过对历史本体的思考，更没有对于认识论本身之局限性的哲学警惕，而余华却都做到了。他不止提醒了我们历史记忆本身的虚假性，而且揭示了"历史是如何被遗忘"的秘密。1986离1966刚好已二十年，这二十年中，人们与历史之间已成功地挖出了一道巨大的壕沟，中国人已集体完成了对历史的遗忘与隔离。"社会如何记忆？"保罗·康纳顿等西方理论家曾提出了这样的命题，而余华的小说也堪称在当代中国最早提出了类似的命题。在我们这里，社会的记忆是通过对真相的掩饰、对个体责任的开释，以及"由词语担任替罪羊"等行为和仪式来实现的，大量"伤痕"和"反思"

小说其实所起的就是类似的作用，其叙事的效果，是证明在历史中存在着一个抽象而又恶魔化的加害者，受害人则是道德上完美人格的化身，善与恶界限分明，冲突惨烈，历史结束之日，光明与正义重返，"噩梦醒来是早晨"，苦难与不公永远结束，历史已然完成新的开启与断裂……总之，不会有一个具体的进入当下的形象会与历史纠缠不清。以此来实现"对历史叙述的同时，完成对历史的遗忘"。而在余华笔下，历史则依然以浓厚的阴影和厄运的形式存续着。在《一九八六年》中，多年前的"历史教师"失踪于暴力与恐怖之中；多年后文革结束，日常生活重新回来，但历史和现实之间已经完全陌生化。当历史教师的妻子和女儿在"废品收购站"见到他的字迹——关于历代的"酷刑"的叙述的时候，她不是惊喜发现了多年失踪的亲人，而是陷入可怕的噩梦。因为在她和女儿的心中，一切早已埋葬，不愿意再度提起。随后大街上出现了一位一瘸一拐的疯子，他用一把锋利的菜刀，嘴里喊着"劓""刵""墨""宫"……各种刑罚的名称，将刀砍向空气、四周和自己的身体，仿佛万人空巷，又宛若梦游于无人之境，让人们惊恐万状匪夷所思地尖叫，或者视若无睹适意自在地闲庭信步，直到被众人捆绑并施以车裂。但最后他依然鬼使神差地活过来，且如游魂闪现穿行在人群之中。这一切如同作为"闯入现实"的历史猛兽或幽灵的幻象，或者人们彼此交叉套叠的噩梦，纠集交错着，叫人无法判断——是"历史教师"真的变成了疯子，是他因为执着探寻历史中的苦难与刑罚而与现实格格不入，还是历史的信息在与现实相对接之时又焕发出疯狂的暴力？抑或都兼而有之？

总之，当"历史"游魂一般出现在现实的大街上，唯一的可能不是被现实所接纳,而是会被认为是不可理喻的疯子,被无视或者被捆绑关禁,连其原来的"亲人"也不会承认与他有任何联系。

让我们举出小说的开头和结尾两段,可以看出作者关于历史与现实之关系的寓意:

> 多年前,一个循规蹈矩的中学历史教师突然失踪。扔下了年轻的妻子和三岁的女儿,从此他销声匿迹了。经过了动荡不安的几年,他的妻子内心也就风平浪静。于是在一个枯燥的星期天里她改嫁他人。女儿也换了姓名。那是因为女儿原先的姓名与过去紧密相连。然后又过了十多年,如今离那段苦难越来越远了。她们平静地生活,那往事已经烟消云散无法唤回。

> ……她看到母女俩与疯子擦身而过,那神态仿佛他们之间从不相识。疯子依旧一跃一跃地走着,依旧叫唤着"妹妹"。那母女俩也依旧走着,没有回过头。她俩走得很优雅。

在小说的开头,余华以充满象征意味的叙述,对现实发出了哲学的质疑与叹息;在小说的结尾处,他清晰地告诉我们,现实和历史之间已成功地完成了切割,永远不再相遇。但是正因为如此,历史却像可怕的幽灵,会时时出现。

另一篇《往事与刑罚》似乎可以看作是《一九八六年》的姊妹篇,因为同样是书写了"刑罚与历史主题"。其中余华设置了"陌生人"和"刑罚专家"两个人物,前者所代表的是人们对历史的某种尚存的理解,或者试图"回到历史"的探寻欲;而"刑罚专家"则可能隐喻了"人文知识分子"对历史的一种研究和判断。当"陌生人"被一封电报要求"速回"(到历史之中)时,他只能够回到"烟"这样一个虚幻的地方,但"刑罚专家"已经在这里等候他了——某种意义上"烟"是一个用"空间"来代替"时间"的隐喻。对于"陌生人"所能够努力回忆起来的四个时间点,"刑罚专家"作了两种解释,一是前面四种残酷的刑罚"车裂""宫刑""锯腰""活埋",二则是四种"美景"——四个日期分别是"清晨第一颗露珠""云彩五彩缤纷""山中小路上的晚霞""深夜月光里两颗舞蹈的眼泪"。但这样的景色,只有当对"陌生人"施以"腰斩"的时候才会出现。这也就是意味着:人们只有被阉割了他们的记忆和血肉之躯的时候,血淋淋的历史才会出现美丽的假象;或者也可以反过来:当历史被解释得灿若云霞的时候,也就意味着人们的身体和记忆已经完全地被阉割了。

余华对历史的思考,显然不止是有哲学和精神现象学的角度,同时更充满了现实的批判性与忧患感。这种批判性在《活着》里面表现为他对于"历史背面的书写"——假如革命叙事所写的是"穷人的翻身",那么《活着》所写出的正是"富人的败落",这才是一个优秀的作家所应该关注的,他揭开了另一种被掩埋的历史记忆,让我们对那些被历史扫尽了"垃圾堆"的人们产生了新的正面了解。在《许三观卖血记》里,这种批判性表现为用血的隐喻书写了当代中国小人物的生存史,同样挖开了宏大历史的缝隙与角落中细小而真实的人的历史。在余华尚庆幸他与历史之间达成了某种"和解"关系之时,他又写出了《兄弟》,这部小说中同样有"超然和宽容",即使是在"文革"这样残酷和暴力肆虐的年代，两个分别从一个破碎家庭中走出来的男孩，仍然结下了本能的手足之情，余华饱含温情地书写了他们相依为命的童年；然而就在他们与我们一起成年之后，在这个号称空前发展且确实物质进步了的年代，这样一对异姓的兄弟却，最终因为财富的差异与观念的分化而陷于不伦冲突与自相残杀。每当有人指斥《兄弟》如何不严肃，如何丧失了批判力量的时候，我总想问，余华对于历史的书写或许因为使用了喜剧或荒诞笔法，而表达了某种妥协的话，他对于现实的书写可是未曾后退半步，你还要让人怎样严肃和强烈，怎样尖锐和苛刻？怎样书写才是正确和符合你们的美学的？

还有《第七日》的遭遇。这部小说问世之日，确乎也是"余华神话"最后陷落之时，一方面是首发即达到近70万册，另一方面则是网络上的一片失望与谩骂之声。有媒体以"七年磨一剑的'网络快餐'？"为题，颇见深度地分析了作者的写作动机：认为在所谓"世界文学"图景下，余华可能是在想象一种普遍而投机的"写作策略，一是内容上的，往往越是直白、幼稚乃至粗暴的叙事，越可以满足媒体时代人们对于陌生世界的猎奇和窥视欲，就像全天候的电视纪实节目一样，能超越语言和文化的限制；二是姿态上的，小说要写给谁看才能最终获得世界级影响，中文读者还是西方读者？"是这样的"对目标读者的重新定位"在刺激着余华，让其走到了这一步。换言之，余华堕落为一个只为西方人和外国读者写作的作家，"作为一个只知道利用社会新闻和段子写作的小说家，面对这些中文读者，毫无优势可言；但假如面对的是一个西方读者，这些在中文读者那里早已视为陈腐旧闻的东西，会重新变得新鲜有趣，这些在中文读者那里司空见惯的现实事件,会重新披上超现实的魔幻外衣……""在中国当下这样一个日常生活比文学想象更为狂野的现实境遇中,又有什么比转述社会新闻更能轻松地令西方读者瞠目结舌并惊为天人的呢?另一方面,至于语言的陈腐粗糙,对话的僵硬空洞,挑剔的母语读者或许在语感上不堪忍受,但经过翻译,反而都可以得到遮掩甚至是改进,这一点,不唯《兄弟》,更有已获诺奖的莫言作品可以作为先例……"这当然也只是评论的一少部分,后面的跟帖更是具体和尖刻,对余华的写作方向与能力的质疑声可谓普遍和刺耳。

从写作策略上,我确乎无法说服这些相当"专业"的读者和媒体批评家,也难于说明余华在作品的细部较少毛病,或许小说确有叙事构架上的不统一或不完美处。但这里我主要想讨论的还是"如何记忆现实和历史"的问题。"社会如何记忆"?让我们仍回到保罗·康纳顿问题的原点,一个民族或国际的公共记忆通常是以重大的仪式、宏大的集体图景、成功或胜利等正面事件来完成的,谁会记录下那些"沉默的大多数"的人的生活?谁会为那些不幸的冤魂、那些时代的冤死者们去写一部书?谁会记录下底层和角落中那些混乱与卑微的、充满偶然与不幸的现实?这是我们考虑《第七天》的意义和价值的出发点。在我看来,余华确乎是为我们这个几乎"无限美好"的时代中,那些仍旧数量客观的不幸冤魂们写了一部书,因此,我愿意将之看作是一部"安息日的悲歌或时代的亡灵书"。而且这还是一部用"唯美"和"艺术"的方式无法处理的小说,因为它的目标就是书写它的混乱和无序,它的美好外观内部的残酷与不公。换言之,用了任何完美的手法,来处理这个急速变化中无数偶然与突发事件的现实——车祸、矿难、火灾、纠纷、塌陷、拆迁……无数天灾的和人为的、意外的或是必然的灾祸，或许都是"不真实"的。因为在某种意义上这不只是"现实"的要求，同时也是"经验方式"所决定的，在这个网络触角无处不在、传媒文化高度发达、"刷新"的频率与速度时时增加的时代，如何才能记录下这混乱的一切？记录下这混乱的背景下那些不幸冤魂们的悲剧与生命？《第七天》的写法或许是可以一试的，不无合理之处的。

将近十年前，我曾经与余华讨论过"混乱美学"的问题，那是关于《兄弟》中所呈现的狂欢与混乱气质所提出的问题，十年后这个"美学"真的变成了一个常态。从经验的意义上，我以为余华保持了他对此特有的敏感，他的写法与时代的真相之间或许是一种恰切的匹配。虽然读者对于他的《活着》和《许三观卖血记》一类作品保持了最大限度的"好感"，但可以想象，用那种写法来表达今天的现实，记录今天的社会生活，将是多么不协调。我并不否认或许还有比《兄弟》和《第七天》更"高明"的手法，但作为记录和传达这个时代的基本手段，琐屑和荒诞、粗鄙与混乱是匹配的，某种程度上它们更像是实录，是秉笔直书。我不说这是一个秉持勇毅和良知的写作态度，也不说这是一种创造性的新美学，但我可以说这是小说"无限接近现实"的一种态度。正像福柯和一些新历史主义理论家所倡导的，历史的记录者可以用琐碎而混乱的边缘材料，构建一个奇怪的五光十色的"交叉文化蒙太奇"，而小说家为什么就不能借用某些媒体叙事或网络消息？这些事件在"嵌入"小说叙事之后，如同海登·怀特所说，便不再是它们自己，而会变成一个个"扩展了的隐喻"，并生发出更丰富的现实意蕴。为什么读者一定要因为自己对这些材料的熟悉就要加以指摘？难道只有作家虚构出让人无法想象的事件与图景才算是有创造力吗？不也是他们天天在说如今"现实比小说更离奇""新闻比故事更生动"的吗？这有什么奇怪，巴尔扎克早就说过，"偶然是这个世界上最伟大的小说家"，余华也不过是借助了这些偶然，怎么就反而遭到了这些读者的厌弃呢？

"社会如何记忆"？显然是我们一时无法解决的公共性问题，我们无法要求大众都能够意识到和理解这样复杂的心理与社会学命题。但我以为，对于一个秉持人文主义立场的作家来说，意识并不是问题。不过读者的担心也是有道理的，当一个作家与现实的关系不是来自切身感受与切肤之痛——来自他的"经验"，而主要是来自他的"思想"和"立场"的时候，可能问题也会出现，他很难再写出像福贵、许三观那样鲜活的人物，那样在我们记忆与周身晃动，让我们欢喜与忧愁、让我们会心又熟识的人物，而只能变成形容冰冷面目空洞的幽灵。而这才是我们的余华所应该警惕的。

不过，变化一点也并不完全是坏事，余华也是人，在他极简的成功书写与完美的自我陷阱之后，也要允许他有所变化甚至失误。在上帝都缺席的时刻，假如必定要有一个"安息日的悲歌"的话，那么混乱和粗鄙就是不可避免的，与这混乱相匹配的书写，哪怕有些不尽人意又怎么样，毕竟余华不是上帝。

2014年10月17日凌晨，北京清河居

在命运的万壑千沟之间

——论东西,以长篇小说《篡改的命》为切入点

不管你怎么去想,当末日审判的号角吹响时;我将手拿此书,站在至高无上的审判者面前。

——奥古斯汀:《忏悔录》

莫之为而为者,天也;莫之致而至者,命也。

——孟子:《孟子·万章上》

假如说在世界上存在着一种以"忏悔"为模式的思维和叙述的话,那么在没有或较少基督教文化遗传与影响的东方人的思维中,会存在着另一种对人性与罪的思考,这同样也是一种哲学性的审视,但不会是从主体自身的"原罪"角度的认识,而是对于"命运"——某种来自客体异己力量的痛苦和惧怕的解释。

在我看来,能够将人世的不公和苦难,以哲学的发问和道义的审判合二为一的作家并不多,而东西是一个。眼下,书写底层苦难与社会问题的作品比比皆是,我相信这些描写是出自作家的

正义感与责任心,但是有正义感和责任心未必就能成为真正的小说家,在更多的作品中我们所读到的,还只能是某些表层的社会问题,能够将之上升到一种哲学性的思考,将之放置于历史、人性、伦理与法则的多维尺度中来审视与拷问的作家,还显得凤毛麟角。而在笔者观之,能够将这样的命题置于上述维度思考的,也未见得就一定是成功的文学作品,真正成功的作品,应该是可以同时使之获得一个"恰当的形式"——用英国批评家克莱夫·贝尔的话说即是"有意味的形式"[①],用更早的康德的话说是"对象的合目的的形式"[②]——给予其符合美学规制的表达,方能认为是成功之作。

显然,《篡改的命》是这样的作品,它可以证明东西是作家当中的艺术家。这样说并非夸张,因为他的手艺好到可以把别人一般性地予以处置的题材,升华为一种历史的、人性的、哲学的甚至宗教的寓言,他还将故事的枝蔓修剪到了一个纹丝不乱的程度——从故事的逻辑中抽取出一种与之相匹配的人性逻辑或性格逻辑,一种合成为叫作"命运"的东西,并使故事与形式、内容与逻辑最终达成了完美的结合。从世纪初的《后悔录》,到眼下的《篡改的命》,我认为东西的小说已臻于这样的境界。

与余华等早期的先锋小说家一样,东西是懂得"叙述的减法"的,当然,与其说是"减法",不如说是"点金术",或说是"故事的炼金术"。即他可以在"故事的逻辑"、人物的"性格逻辑"与"命运逻辑"同历史或现实的材料之间,找到一个准确无误的、不可替代的、经典的或与经典对称的形式——比如与《忏悔录》

[①] 余华:《许三观卖血记》自序,南海出版公司1998年版。
[②] 余华:《虚伪的作品》,《上海文学》1989年第5期。

对称的《后悔录》。而这是小说家能够成为艺术家的关键,对许多人来说,流水账式的或者无可救药的任性而自我化的叙述,则是常态。严格地说,那样的作品还不是真正的小说,而只是未经冶炼的矿石,或者未经处置的材料而已。

一、寓意与及物,作为先锋叙事的延续与变种

假如从当代文学史的角度看,东西这一代作家在20世纪90年代的崛起,恰好处于先锋文学所向披靡的时期,所以无法不受到其影响。而作为年纪略小、出道稍晚的"新生代"的代表,他们又有其明显的标记,即更具有当下的现实感与世俗性。在他们那里,早期先锋小说的哲学化和纯形式的写法,为更"接地气"的现实意味所取代或中和,或者说,先锋写作热衷于哲学与寓意的形而上趣味,更多地为及物性的现实关怀所取代。这当然是一个不可避免的转向。因为在进入90年代之后,即使是作为先锋小说三剑客的余华、苏童、格非,也表现出了同样的转向。比如,《活着》《许三观卖血记》《欲望的旗帜》等作品的问世,便表现出了"对于叙述难度的搁置",和对于近距离现实中人之命运的痴迷。但在笔者观之,先锋小说留给当代文学的最重要的遗产,即是哲学寓意的熟练生成,以及叙事形式的自觉彰显。没有这些就没有当代文学的进步。假如说以莫言、马原、扎西达娃、残雪、王安忆、韩少功等开创和推动的1985年的"新潮小说"开辟了"寓言化"的写作的道路,那么稍后于1988年鹊起的"先锋小说"的主要贡献,便是"形式感"的真正彰显。限于篇幅,本文不拟在这里展开讨论这一文学史问题,但我愿意强调的是,寓意与形

式的自觉正是打开文学通向哲学天地的门径,也是其渡向现代艺术的真正通途。

东西显然深受这两份遗产的影响。他早在90年代的作品,显示了他对先锋小说写法的迷恋,或者也可以说,90年代东西的作品,其实即可纳入到先锋小说潮流的范畴。他的短篇小说《反义词大楼》,便是用了寓言的手法,隐喻了黑白颠倒和是非不分的现实逻辑。在一座充满了权力的强制、禁忌、暴力甚至色情意味的"十八层大楼"——不免让人联想"十八层地狱"——之中,一位叫作李果的教师,在用了洗脑的方式,训练数十位年轻人如何将"不爱"说成"爱",将不喜欢和不同意说成喜欢和同意,将痛苦、丑陋、失败分别说成是愉快、英俊和成功……当一位叫作麦艳民的女学员不愿意将"接吻"说成是"握手"的时候,便被强行拖了出去,并遭到了保安的强奸。小说中被强奸的女学员在某一刻与"我"在大楼中的被强迫的境遇与反抗的动作还是重叠的……也就是说,它也隐约意味着作为旁观者的叙事人,同样遭到了强暴。

如果说这样的作品表达的是一种相对确定的寓意,即对历史和现实中一种持久的制度性力量的批判的话,那么类似《溺》一类作品,则表现了先锋小说中另一种常见的寓意,即对历史或存在的某种无解的疑惑,来自偶然与荒诞逻辑的求索。乡村少年关连淹死于村头的水库之中,原因起自与伙伴的较劲,关连之死自然引发了父亲和一家人的悲伤与愤怒,但他父亲要迁怒的对象却是倡导修水库的人陈兴国。就在他磨快斧头显示报仇决心的时候,他又想起了关连降生时的情形,孩子落地时突然撒出了一泡尿,照习俗说法,这样的孩子必命克父母,父亲须用手掌在尿中连切三次，且刚好婴孩尿停，方能避过不祥之兆。但陈兴国的三掌并未止住孩子的尿液，他只好用手捏住婴孩的小东西将其憋了回去，而尿液流在婴孩身上，又意味着将来他会有意外之死。这样看来，杀死关连的人居然又是他的父亲自己了。这篇小说表明，在死亡和突如其来的灾祸面前，任何解释都是荒诞和无妄的。

还有无意识深度的表达。前者中的关连之死引发的官司，也可以看作是一种无意识的作怪，乡村习俗中的集体无意识与个体的无意识活动构成了一种复杂的纠结，它会暗示人的命运，也会解释出无法解释的逻辑。在另一个短篇《你不知道她有多美》中，东西书写了一种类似"牛犊恋"的纯洁而又深入骨髓的情结。作为街坊的念哥娶了公认的美人青葵姐，但作为少年的"我"，也就是春雷，却在陪同娶亲的这天早上，在三轮车中近距离地审视这位美人时也深深地爱上了她。在此后的交往中，少年的"我"都在无意识中坚信她与自己有某种特殊的关联，常常涌起爱、依恋和保护她的冲动。但不幸的是，她居然死于那场人所共知的大地震。在余震中满身伤痕的"我"，因为对她的爱的激励，才随着人群艰难地走出了废墟。这篇小说显然是对自己童年某个记忆的祭奠。

细心的读者完全可以从中读出余华、苏童甚至莫言小说的影子，余华小说中对于暴力与规训、阉割与欺瞒的历史的锋利揭露，苏童小说中对于人性弱点与命运无常的温婉悲悯，格非小说中对于个体无意识和存在之虚无的敏感而微妙的书写，都隐约可以在东西的作品中看到影子。尤其《你不知道她有多美》中，我们甚至还可以看出与莫言的《透明的红萝卜》之间的异曲同工，其中对"未成年人的爱情悲剧"的描写，简直可以说写到了骨子里，读之令人难以释怀。当然,在更深远的意义上说,我们也还可以从中看出更多外国作家的影子,如卡夫卡、萨特、加缪、福克纳……但很显然,从作家的趣味与写法上看,无疑都是属于先锋小说这一脉系,看出他与稍早前出道的作家之间的呼应与联系。这表明,东西的小说从一开始就显示了"纯正的血统",以及很高的起点。

但另一方面,与先锋小说的叙事相比,东西与大部分"新生代"作家一样,其作品在充满寓言意味的同时,也有着强烈的及物性与现实批判的意味。比如发表于1996年的另一个短篇《我们的父亲》,便是非常典型的例子。如同戏曲《墙头记》里被儿女遗弃的父亲一样,这似乎是一个司空见惯的老故事。"我们的父亲"从乡下来到城里,依次到了"我"家、姐姐和哥哥家,但出于各种理由,没有一个儿女是认真对待他的,局促而窘迫的父亲转了一圈,最后一个人流落到街头。过了许久,"我"通过一个乡人得知,失踪已久的父亲可能已死去且被埋葬了。在公安局,"我们"查到了父亲的遗物,一只上个年代的军用挎包,里面装着父亲的烟斗,还有两件买给"我"即将出生的女儿的衣服。但他们互相怀着恼怒一起去寻找父亲的尸骨时,仍然是什么也没有找到。小说以"减法"的形式,几乎将叙事"简化"为了一个典型的哲学寓言,因为意识中是"我们的父亲",所以这个"复数的父亲"便成了事实上无人善待和关心的父亲。但是,它强烈的道德讽喻意味,对人性弱点的鞭辟入里的揭示,又十分具有现实感。

寓意是东西基本的写法,这使他从不轻易模拟和抄袭现实,而是都要经过精细的深思熟虑,以寓言方式赋予其构思与题旨以深层的含义。发表于1997年的《耳光响亮》是东西长篇小说的处女作,这部作品虽然没有引起批评界太多的关注,但在笔者看,却是一部不可多得的60年代出生者的成长记忆之书。它的起笔即从1976年毛泽东的逝世开始,"失父"成为一代人标记性的精神烙印。精神之父的死亡,与牛家父亲牛正国的出走与生死不明,成为其孩子们不得不面对的残酷现实。随后,母亲何碧雪也改嫁他人。在失序与颠倒的混乱,以及贫穷而惨淡的物质生存中,一代人无法不在施暴与伤害、压抑与放纵中经历创伤与成长。所谓"耳光"可以理解为是一记精神的耳光,同时又是成长中现实的耳光,是巨大的时代转换与价值翻覆中最具体而深刻的创伤性记忆。小说的最后,失却"父法"(陈晓明语)与母爱的牛家的孩子们,在姑姑的率领下,历经磨难终于找到了流落到越南(注意,是有着相似的历史与意识形态的越南!)的父亲,但他已经失去了记忆,变成了别人的父亲。他们只是从父亲的一个笔记本上隐约找到了他"出走"后的履历:偷东西,误伤人命,逃亡,生养下另一群孩子……最终忘记了来路。

我不能不说这是一个绝妙的寓意!它甚至已经将"后革命时代"的许多荒诞的历史理解悄无声息地彰显出来,并以此作为"革命时代的成长记忆"的一种结果,一种始料未及和啼笑皆非的后果,使历史呈现出一种巨大的消解逻辑,一种湮灭或反转的荒谬的百感交集。它不是引导读者最终去为某一个人或家庭的悲欢离合而感慨,而是会引向对一种集体记忆的隐喻与整合,对个人记忆与宏大历史的一种"诗意的捏合"——这才是写作的正途,将历史与个人成长烩于一炉的成功处理。

很显然,如果从当代文学史演变的角度看,《耳光响亮》的评价还可以再高一点,因为在90年代大量的成长小说中,像这样自觉而准确地写出"60年代人"的集体记忆的作品,能够在人物的性格与经历中清晰地表明其文化印记的作品,显然不多。这样的小说对于构建当代中国真实的历史记忆,其意义是不可低估的。正如法国人刘易斯·科瑟在对社会学家莫里斯·哈布瓦赫的评论中所说的,"对重要政治和社会事件的记忆是按照年龄,特别是年轻时的年龄而建构起来的","因为青春期的记忆和成长早期的记忆比起人们后来的经历中的记忆来说,具有更强烈、更普遍深入的影响"。① 东西通过一代人的"耳光中成长的记忆"的叙述,通过个体时间(牛家的孩子们的个人成长史)和更大的历史时间("文革"后的社会历史)的双重设置,使得这一叙述在保持了其真实而鲜活的个体性的同时,又得以越出了单纯个人创伤的讲述,而能够以更长远的时间坐标,彰显出其历史的戏剧性与荒诞感,并且能够呈现出"后现代"式的"黑色幽默"的意味。这不能不说是一个了不起的高度。而且,东西的作品从一开始就不止显现了高超的手艺,而且还显现出了鲜明而独立不倚的叙述风格与美学品质,无论如何这都是应该肯定和必须予以重视的。

二、形式与逻辑:通向戏剧性与艺术之途

在讨论语言艺术的内容、材料和形式的关系问题的时候,与克莱夫·贝尔的立场相似,巴赫金也曾提醒我们,"艺术形式是内容的形式","也是整个依靠材料实现,仿佛固着于材料的",但"无论如何不能把形式解释为材料的形式"。一直深入探究小说文体规律的巴赫金之所以这样强调形式与内容不可分割的关

---

① 康德:《判断力批判》,邓晓芒译,第72页,人民出版社2002年版。

系，其实是告诉我们，不要在排除叙事主题的情况下来谈论形式的问题，形式其实即是内容。或者变换一下，某种意义上也可以说，主题即是叙事，这给了我们讨论东西小说的另一个基本依据。或者反过来也可以说，东西创造出了内容与形式紧紧生长于一起的叙事典范——这便是他写于新世纪初的另一部长篇《后悔录》。在笔者看来，即便是置于整个当代文学史中来看，这也称得上是一个杰作。它用了细小然而也是巨大的寓言，用了一个内容与形式紧紧生长于一体的叙事，构造了一个"关于命运的故事"，隐喻了当代中国大历史与个人成长之间的脱节与错位的状态。

或许东西在小说的后记中所说的话，对我们理解它是有帮助的他说，他所试图打开的是一个"记忆的仓库"，要表达的是当代中国人"情感生活的变化"。然而，要书写这一切，最关键的是要寻找到一个有意思的形式：

> 这个小说耗去我最多的时间是构思，我越来越舍得花时间在构思上，那是因为我见过或体会过太多的失败，就像某城市的一座高楼，刚刚建成就要拆除，就像我们只用一天的时间来设计人生，却要为此付出一生的代价，这都是没有构思的惨痛。所以我宁可慢，也要对小说进行各项评估，试着更准确、更细腻地表达我的感受。

此言不虚，东西找到或创造了一个充满哲学情境与宗教寓意的故事架构，一个与"忏悔录"叙事相对称的叙事，这是至关重要的。从古罗马时代的圣奥古斯汀，到启蒙主义运动时期的卢梭，西方人已创建了一种深入人心的形式——"忏悔录"的叙事。这种叙事在基督教背景下的文化与文学中,早已成为人所共识的经典,即关于个人成长经历的叙述,但同时,它又是按照反省和忏悔的宗教情感与神性价值来处理的个体记忆;而东西所提供给我们的,恰好是一种对应物,一种"反转思维"的叙事——不是检点个人在历史中的罪错与妄念,而是记述个人与历史之间的错过,或是历史对于个人的玩弄,并由此生成了一种类似"命运"的东西,一种荒诞而戏剧性的逻辑。很显然,如果是置于原罪论的基督教文明中,这样的叙事也许是不合时宜的,因为其思维的起点不是个人之罪,而是个体所蒙受的不公,以及对于这种不公的质疑与追问。然而,如果是置于中国当代历史的语境之中,"后悔录"模式却是合理的和合逻辑的,因为它既是对于"命运"的最佳书写模式,同时也是对个人精神世界予以解剖的别样通道。

在笔者观之,艺术逻辑是一个艺术作品的生命,它显然同生活逻辑与现实逻辑之间有一种必然的升华关系。现实中,狼吃小羊时是无须理由的,它想吃便吃了,弱肉强食是动物界的普遍法则,但在《伊索寓言》中,狼吃羊时却要进行一番语言的较量,由此便产生了狼与小羊之间的"对话"。从现实逻辑看,这当然是"不真实"的,但按照艺术逻辑,如果没有这番看起来不真实的对话,便不可能使"狼性"的本质获得真实的彰显。因此,艺术逻辑是文学创作的根本之途。它在具体的情形下可以表现为故事的"戏剧逻辑",人物的"性格逻辑"与"命运逻辑",也可以显现为一种作家必须遵从的"叙述逻辑"。总之,它具有巴赫金所说的"固着于材料"的客观性。如同哈姆雷特在"装疯"之后陷入了一种混乱的性格逻辑与戏剧逻辑一样,这一逻辑的不断延续也反过来成了哈姆雷特的命运,以及戏剧家不得不遵从的叙事逻辑与戏剧逻辑。哈姆雷特无法规避地先后用言语伤害了他最爱的人奥菲莉亚，用剑误杀了他未来的岳丈波洛涅斯，无可挽回地陷入了与奥菲利亚的哥哥雷欧提斯决斗的悲剧……他从一开始就错了，尽管是出于不得已，但佯疯导致了他逻辑的错乱，铸就了现实中的一错再错，这就是他的命运。而唯有命运的最感动人的，只有写出了命运的作品才是伟大的艺术。这便是莎士比亚的哲学，也是一切艺术的通理。深谙这一点的东西，也用了类似的逻辑，写出了一个堪称与之异曲同工的人的命运。

在《后悔录》中，资本家的孙子曾广贤，在无知和压抑中来到了他苦闷而慌乱的16岁的青春期。而这时刚好时值文革，在一间他们祖上留下来的仓库中，混居着三个拥挤不堪的家庭。处于性苦闷中的父亲因为与邻居赵老实的女儿赵山河偷情，这事被无知的"我"——也就是幼稚的曾广贤无意间说了出去，由此导致了赵山河的匆忙出嫁，也让父亲蒙受了一顿暴打。由此"我"一生的毛病就种下了。继而是母亲遭动物园的何园长猥亵，恰好被我撞见，母亲也因此羞愤而死，妹妹随之失踪，父亲因为"耍流氓"而被到处揪斗。当父亲知道我这个儿子竟是告密者时，痛恨至极而再不相认。离开了家庭呵护的曾广贤，开始了独自的人生之旅。但之前所受的刺激以及所形成的性格逻辑，仍在不可思议地支配着"我"一错再错的行为，当同学小池示爱，"我"竟然失口喊出了"流氓"，当"我"随后无数次写信给受伤害的她试图重归于好，所有的信却如石沉大海，即便贴了两张邮票也没有用。等到"我"鼓起勇气扒火车去见她时，她却早已是于百家的人了。美好的初恋就这样白白被自己的胆小和愚蠢给葬送了。之后，我侥幸以接班的名义做了动物园的饲养员，但孤独中最为依恋的一只小狗也背叛了自己,它引出了一连串爱的错讹与混乱的恩怨纠结,我先后被诬为赵敬东之死的祸首,失去了本有意于我的张闹,并因鬼使神差地钻进张闹的卧室而被判为强奸犯,并获刑八年。

在监狱中,我给所有亲朋写信,试图洗刷自己的不白之冤,但所有的信都被扣押了。唯有一个在动物园的同事陆小燕,因为一直喜欢我而不断来看望和鼓励。但我还是干了许多傻事,如试图越狱而获罪被加刑三年。直到监狱生活还剩一年的时候,才明白必须要翻案,这时张闹也表示愿意翻供为我洗冤,可她的信竟然被我的眼泪打湿而模糊了字迹。直到刑期将满,我才突然被宣布无罪释放。这时来接我的竟是曾诬陷我强奸的张闹。我到河里洗除我身上的污垢,却致使我在这个过程中丢失了"平反"的文件。鬼使神差,我没有与一直一心一意待我的陆小燕结合,而是偏偏娶了脚踩两只船的张闹。结婚之日我发现张闹还一直与于百家私通,而这时再想离婚可就难了。我只好去找早已嫁给于百家的小池,却又致使她发了疯。之后,曾家被没收的房产获得巨额赔偿,可是这消息却又让父亲情绪激动而中风,并使我离婚的官司一拖再拖。房产被于百家侵吞,在改装为色情场所之后,我终于拿到了二十万元的补偿。在赔给张闹十万元之后方才知道,与她之间的结婚证居然也是假的。最后,于百家被抓,我仅剩的一点财产也随之被罚没。

在小说的结尾处,我对着将死的父亲,说出了一连串"如果……就……"但一切都已晚矣,父亲已永远无法回答我。这半生之中竟没有一件事情做对,最终也还是碌碌无为一事无成,不要说恋爱,连一次真正的肉体接触也不曾有过,有的只是让家人和朋友一个个倒霉。

某种意义上这已是"命运的万壑千沟"了。假如从现实的逻辑看，一个人再倒霉，一生再"点背"，也不至于如此下场凄惨；但从小说看，这样的逻辑却是合理的，合乎大历史的内在逻辑，也合乎小说中人物的性格逻辑。作品中所刻画的这个"我"，这个由禁欲、暴力、物质的贫瘠而产生出的畸形儿，形象而戏剧性地寓意了成长于文革一代的命运，寓意了他们从精神到肉体充满欠缺、挫折、创伤与磨难的成长历程；寓意了他们在争斗与伤害中人性的分裂与异化，以及那些"诚实者的悲剧"，以及祸从口出、冤狱遍地、无处哭告、无法申诉的莫须有的罪错……作家用了错乱与荒诞的叙述逻辑呈现了这个悲剧——因为诚实而获罪，因为"生错了时代"而注定受苦的人的命运。

很显然，"寓意即形式"这一法则在《后悔录》中获得了淋漓尽致的体现。一个注定会与历史冲突、与人生错过的弃儿，百转千回地走过一切人世的苦难，盖因为他的诚实与懦弱。犹如老博尔赫斯笔下的"迷宫"，看似千重遮障，其实是一线相牵，两个博尔赫斯在命运的两端互相等待和寻找，冥冥之中最终会在尽头汇合。而这时，戏剧终了，命运彰显，一个"迷宫的图形"也终将显现。这就是形式——或者说叙事的轨迹与逻辑，它与寓意完美地生长和生成于一体。

某种意义上这个主人公也是一个西西弗斯，一个被命运惩罚的劳而无功的推石头者，荒诞是这部作品的主调，也是它的美学。

而美学也是叙事的重要参与者。在《后悔录》中，悲剧的内质被外在的荒诞逻辑喜剧化了，使之成为另一种黑色幽默，这种格调反过来控制了作家的叙事。这是艺术创作中难得的佳境，所谓"上帝之手"或神灵附体,所谓"自动写作",诸种说法其实都是艺术逻辑与人物的性格与命运逻辑自动显现的结果。"作者知道的并不比别人多","叙述控制了我的写作",余华曾不止一次地表达过类似的说法,便是表明对于这种叙述逻辑的遵从;换成东西的话来说,就是"在写作的时候不要折磨我们的主人公,好作品要'折磨'读者,但要做到这点,必须要考验作家的想象力"。所谓折磨读者当然不是一种故意的延宕,而是按照作品的戏剧逻辑和人物的性格与命运所生成的叙事动力而前进,这需要一种卓越的提炼和发现能力,驾驭与掌控能力。某种意义上它比"内心的召唤"更有值得服从之处——假如召唤不是出于对叙述逻辑的服膺,而是一种主观的自作主张的话。我之所以说东西是作家中的艺术家,理由应是在这里。

三、由现实通向哪里,或如何处理乡村和底层现实?

由"现实"通向哪里?这是我要提给当代作家的问题。当然有人会回答,现实就是现实,现实即是终极。但我所理解的现实绝非是表象意义上的部分,而应包含了之上和之下的部分,包括了文化的、人性的、形而上的和哲学的现实。这点在东西早期的《没有语言的生活》一类作品中早有充分的表现。在这个底层家庭中,苦难既是现实,更是象征与命运。东西在繁复和琐细的人物故事之中所精心搭建和呈现的,是这个由哑巴、聋子和瞎子组成的没有语言的、无法表达一切也无法保护自身的家庭,他们备受欺凌、操弄和永远无法改变的命运。他们唯一能够选择的就是承受。看起来这似乎是一个特殊群体的遭际,但东西喻示给我们的,却是整个底层乡村世界的生活——没有文化就没有语言，没有语言就没有表达，没有表达就没有权利和尊严，也无法有正常的情感与生活。这种悲悯与余华的《活着》非常相似，它不是居高临下的批判，而是匍匐于同样高度的生命体察与悲怆的感同身受；甚至也不只是书写一群人和一类人的生活，而是书写和隐喻一切人共同的遭际和可能的命运。

这使我们无法不钦敬：好的作家不会因为人物身份的低下与卑贱而远离他们，甚至他们的灵魂就附着在了人物身上，变成了人物的一部分。唯其如此，他们才能真切地写出人物的命运，不但写出高于或深于现实的人性与善恶，揭示出其背后的历史与文化因由，而且会使之变得感人。《篡改的命》便是这样的作品，它让我们震撼于习焉不察的城乡两种生存之间的巨大沟壑与冲突，不只是看到物质的差异与表象，更看到物质背后强烈而畸形的情感与心理，看出一种历史性的逼近和严峻。这种近乎无法填平的物质与精神的沟壑，或许可以从路遥的《人生》《平凡的世界》等作品中看到依稀的来路，但在近二十年乡村解体生存塌陷的现实中，却变得更加血腥和急骤。物质的倾覆与伦理的断裂压垮了无数个汪长尺，变成他们旷世的惨烈与奇异的命运，在由乡村通向城市的道路中，他们展开了史诗般的"出埃及记"一样的跋涉，以血以泪、以死以命——

> 这是他想得最多的一天……把林家柏跟他的交集过了无数遍。第一遍：我替他坐过牢。他欠过我工钱。他叫人用刀捅我，我差点失血而死。他谋害黄葵，嫁祸于我，让警察到谷里抓人，害得全村人人自危，集体失眠。

> 我在他的工地摔成阳痿,他竟然不赔我精神损失费,拦车他不赔,打官司他不赔,爬脚手架他也不赔,还跟我玩消失,什么东西?什么货色?毫不夸张地讲,是他毁了我的心情,坏了我的人生……

这是《篡改的命》中汪长尺的控诉,他与林家柏之间恩怨纠结的部分总结。而事实上林家柏直接和间接地、真实和象征地毁掉汪长尺的,远不止这些,还有他的青春、希望、情感和生命。犹如一个血本无归的赌徒,汪长尺在这场命运的赌博中无法不陷于失败,最终只能寄希望于将自己唯一的儿子送与林家柏,并且自尽于浊浪滚滚的河水中,以毁掉证明儿子出身的证据。以这样彻底毁灭的方式,来结束这场旷日持久、在下一代身上还有可能延续的恩怨官司,并将之理解为是"对命运的篡改"——偷换了儿子的出身和血缘,一劳永逸地使之由乡村人变成城里人,由穷人变成有钱人……这两个人物之间所形成的"象征性的关系",构成了小说的戏剧逻辑,使之生成了一个形式的骨架,并且得以与作品的主旨生长扭结在一起。

这是怎样的一场绝地的抗争与搏杀?从父亲汪槐的跳楼致残,到汪长尺的代人追债与替人坐牢,从媳妇小文被迫出卖身体从事皮肉生意,到汪长尺因工伤而断送了生育能力,到最后不得不将唯一的骨血送与有钱人,这个家庭唯一的希望就是摆脱乡村的苦海,让后代永远改变自己的出身。如果说前一代人还只是付出了辛劳和健康,还可以生于此也死于此,希望于此也幻灭于此的话,那么汪长尺这一代,则付出了贞洁、爱情、生命和身体,输到一无所有,最终还要失去祖宗血脉和生命记忆,失去那个带给他耻辱和命运的身份……这是比死还要惨烈的变更，不只是肉体的死，还是身份与记忆的死，血缘与根脉的死，彻底消失且埋葬祖先历史的死。

话题至此，我有些犹疑了，我反问自己，东西是不是有些过分？这个过于戏剧化的人物命运是否过于巧合？我是认同、肯定呢还是应该有所保留？

这个疑问其实还是一开始的问题——如何处理小说中的现实？如何将乡村与城市这个由来已久的二元对立的现代性命题，在当代展开的悲剧性冲突中再次集中而历史地、艺术而形神兼备地书写出来？或许有人会说，东西的处理有过于巧合和夸诞之嫌，确实，如果从"反映社会问题"的角度看，从眼下千差万别的城乡具体矛盾看，东西的故事可能有虚构之嫌，但从中国正面临的数亿人的城镇化进程，从乡村世界的崩毁，从一场"几千年未有之大变局"的巨大历史变迁来看，他站在底层人群立场上的这一书写，就不但显得真实，而且还切中要害和恰如其分。

如何书写乡村？这需要我们稍稍回溯一下历史，一个有意思的问题是：作为典范的农业社会，中国传统文学中竟然没有"乡土文学"。繁多的传统文学类型中有"归隐"和"田园诗"的主题，却鲜有"乡土"的观念与形象。这表明，所谓的乡土其实是现代性的产物，当城市、工业和现代文化作为一个异己的"先进的他者"出现之后，"乡土的自在体"才获得了一个镜像：原来它是如此愚昧、贫穷和落后。新文学的确立，某种意义上就是从这种现代性的乡村叙事——鲁迅的笔下的鲁镇与故乡——开始的。启蒙主义的立场赋予了这种乡村以与"现代"相对立的"传统"含义，赋予了其作为"国民性"之温床或者封建愚昧之所在的意义。

现代中国的作家们基本上是传承和秉持了鲁迅的立场来理解和书写的，直到沈从文写出了另一意义上的乡村——作为精神乡愁之寄托的"湘西"，乡村才具备了另一含义，具备了浪漫主义文学视域中原始而单纯的美，成为可与"希腊小庙"相提并论的"世外桃源"的承载地，或者可以与现代文明相对峙的道德优越感，与文化的合法性。

上述两种"现代的"和"反现代的"乡村叙事，作为新文学的两种传统，在当代作家笔下演变成了一种混合和暧昧的状态。一方面是类似启蒙主义的对乡土的穷困与落后的叙述占据了主导，另一方面是在某些情况下又将乡村世界描写为原始的精神故乡或者生命乐园。从贾平凹、路遥、莫言、张炜、陈忠实、张承志、阎连科、韩少功、郑义、李锐……到更年轻一代的苏童、格非、毕飞宇，他们的趣味多数是兼而有之，区别仅仅是成分的比重不同而已。但在最近的十余年中，我们不得不说，关于乡村故事的讲述，正面临着另一个合法危机和巨大的变动，那就是它的再度严峻的毁灭，与随之而出现的我们社会的道德破产。对于中国在快速工业化和城市化进程中乡村所承受的创伤，农民的相对贫困化，以及在进入城市之后所承受的压力与苦难而言，严峻而非"诗意"的叙事，已变成了唯一得体合适的模式。

而这就是《篡改的命》出现的背景。在我看来，东西对于现实的处理不但是合适的，而且获得了真实与寓言性的统一。在汪长尺身上，我们可以读出阿Q、骆驼祥子、多多头、高加林、福贵……这些农民形象和人物的来迹，但又可以看出一个最新的化身：他是千千万万个历经了近二三十年城市化和工业化进程，为之付出了一切的农民青年的一个代表，他短暂的、诚实但并不弱智的一生可能只有三十几岁或者四十岁，但已足以称得上是"命运的万沟千壑"，经过了无数的沟坎与磨难。他的命运其实就是无论怎样努力也赶不上时间赋予他的差距，贫穷使他无法正常地获得任何机会，而一切努力的结果都只是拉大这先天的距离，同时还要付出更多，鲜血、身体、用命挣来的钱，总永远难以应付的各种意外伤病与风险，最终还要付出所有的尊严。这个命运一方面是汪长尺个人的，同时也是历史的；是属于一个农民的，但更是整个乡村世界的。城市吸引和召唤着他们，同时也诱惑和改变着他们，最终销蚀和毁灭着他们。在汪长尺的身后和周围，东西也描绘了这个正日益分裂的世界，它的一部分消失于同城市的赌博之中——成功者以各种方式"融入"了城市，失败者则成了他们必然的代价或者分母；它的另一部分则自生自灭于日益荒芜和废弃的乡村，不止土地上产出的一切已经无法养活他们，原有的淳朴乡情也已渐渐皮之不存。小说不断地以"返乡"的方式，描写着这个日益破败的村庄：

> 回到家，堂屋已坐满乡亲。王东的手指断了两根，说是到深圳打工时被机器切的。刘白条又赌输了，要跟汪长尺借钱。张鲜花因为超生，不仅挨了罚款，老公还结扎了。代军说张五患了一种怪病。二叔说什么狗屁怪病？就是梅毒。汪长尺想张惠靠卖身挣钱，挣到钱后寄给张五，张五又拿钱去嫖，这不就是一个循环吗？……

在这两者之间，汪长尺仿佛是一个奇异的杂糅与混合，他失败了，最终毁灭于城市这个无情的庞然大物；但他又"成功"了，他的儿子终于"变成"了出身高贵、物质优越、有车有房、生活富足的城里人。他历尽磨难终于以自己的死终结了这一苦难的链条,一举"篡改"了世世代代从未改变过的命运。

这个结果当然就是东西的主题:他要为千千万万个汪长尺,为最终融入城市而消失了自己的乡村人,为正在一天天消失的乡村本身,它的土地上的一切,包括生活方式、伦理情感、风物民俗,一切美好的和原始的、穷困的和干净的、愚昧的和坚忍的……为这个世界唱一曲无边的挽歌,为汪长尺们曾经的血肉之躯竖一座纪念碑。汪长尺或许就是"我们时代的最后乡村"的一个化身,一个将乡村扛于自己的肩头、存于自己的血液与内心的人,他的死不只是个体肉身的毁灭,更是整个他身后的历史、传统、身份和文化的毁灭。这是城市和资本的胜利,从"大历史"的宏观逻辑看,这似乎是波澜壮阔的进步和风云际会的前进;可是从"人"和文化乃至文明的角度看,这波澜壮阔与风云际会中又充满了血色的惨淡与命运的荒谬,充满着生的艰难与死的悲怆。这一切最终会消失于历史之中,湮灭于城市的高楼大厦与万家灯火之中,但会长存于东西的悲歌与寓言之中,存在于《篡改的命》的一唱三叹之中。

四、节奏与旋律,或作为艺术的小说叙事

《篡改的命》一直让我想起现代以来最好的一个小说谱系,《骆驼祥子》《活着》《许三观卖血记》,因为他们都属于有节奏和旋律的小说,如前文所谈及的,是有戏剧性的结构和叙述的波澜起伏的小说。《骆驼祥子》中三起三落扣人心弦的买车过程,

《许三观卖血记》中主人公十二次卖血让人刻骨铭心的经历，《活着》中福贵一步步下地狱（现世意义上）同时又一步步上天堂（德行意义上）的让人惊心动魄的交叉曲线，《篡改的命》中汪长尺的一步步跌入命运的环套又一步步走上绝境的悲怆历程，都是如此得丝丝入扣。就像余华在《许三观卖血记》的中文版序言中自诩的，"这本书其实是一首很长的民歌，它的节奏是回忆的速度，旋律温和地跳跃着，休止符被韵脚隐藏了起来……"①的确，叙述的节奏让他的小说变成了音乐，在多数篇幅中是从容的慢板，如歌的行板，在某些地方则变成了激越而悲伤的快板。无独有偶，东西的《后悔录》与《篡改的命》也非常接近于音乐作品的节奏，前者像是一首无边际的变奏曲，常伴随着幽默、跳脱与荒诞的不和谐音，而后者则是一首降调的悲怆而离奇的叙事曲，中间穿插着小号和铍镲的怪异碎响，细部跳荡着偶尔温暖的乐句，但它的整体，则汇合为一曲钢琴与大提琴的交响——钢琴是男主人公命运的足迹，大提琴则是作者隐含的怨愤与悲伤。总之我感到主人公最后命运的显现是一种必然，这既可以理解为是前文所说的"叙述逻辑"，当然也可以理解为是音乐的旋律本身使然。

其实，无论是叙述逻辑或是音乐旋律，归根结底它们都是命运的派生之物，而命运是唯一能够感动人的因素，这是《篡改的命》能使我们感到震撼和悲伤、"怜悯和恐惧"的真正原因。关于这一点，我们不难在小说的后记中找到答案，东西说："我依然坚持'跟着人物走'的写法，让自己与作品中的人物同呼吸共命运，写到汪长尺我就是汪长尺，写到贺小文我就是贺小文。以前，我

---

① 余华：《许三观卖血记》自序，南海出版公司1998年版。

只跟着主要人物走,但这一次连过路人我也紧跟,争取让每一个出场的人物都准确,尽量设法让读者能够把他们记住。一路跟下来,跟到最后,我竟失声痛哭……"[1]我相信东西这样说绝不是夸张,他找到了他每个人物的命运与角色,并且完全进入到了他们身体与情感的内部,顺从于他们的独立意志,因此才能够写出属于他们内心的声音,属于他们角色的语言。在传统的写作理论中,这叫作"塑造人物",在东西的叙事学中,这就叫"跟着每一个人物走"。我想这就是叙述的佳境了。当他叙述上一代农民父亲汪槐和母亲刘双菊的时候,包括讲述"谷里"的每一个村民,他的表达语气都是如此的贴切,他们的质朴与狡黠,自私与善良,他们"小农经济学"的精打细算和愚昧透顶,他们用一生的代价来换取一个不同命运的决绝,用土里刨食和嘴里省饭的方式来支撑"小农经济的方程式"的意志……都可谓跃然纸上;当他叙述汪长尺、贺晓文、张惠这些年轻一代的农民,他们的困境与诉求、欲望与灵魂的时候,也是这样地传神和生动,汪长尺由一个怀抱志向的读书青年一步步变成一个身体残损自尊全无的打工者的过程,贺小文由一个淳朴善良的乡下姑娘一步步变成一个为钱奔忙的卖淫女的过程,都是这样地自然而然和环环相扣;甚至,他描写黄葵与林家柏这种坏人,写他们作为坏人的行为逻辑,以及常振振有词地为他们的厚黑和蛮霸辩护的时候,也是这样地立竿见影入木三分。可以说,东西完全"入戏"了,只有完全进入了小说的戏剧逻辑,他才会写得如此充满对称性的角色感——

---

[1] 余华:《兄弟》后记,上海文艺出版社 2005 年版。

最让林家柏难以接受的是，汪长尺的眼睛竟然还大还双眼皮，五官竟然端正，眉毛竟然还浓，牙齿竟然还整齐……林家柏想狗日的要不生错地方，那也算个型男。汪长尺想原来骗子杀人犯也长得这么秀气。林家柏想不管他们长得美丑，其诈骗的用心和手段几乎都一样。汪长尺想人不可貌相，海不可斗量，肉食者毒，塘边洗手鱼也死，路过青山草也枯。林家柏想动不动跳楼，动不动撞车，社会都被你们搞乱了。汪长尺想信誉都被你这样的人破坏了。林家柏想是你们拉低了中国人的平均素质。汪长尺想是你们榨干了我们的力气和油水。林家柏想你们随地吐痰，到处大小便。汪长尺想你们行贿受贿，包二奶养小三官商勾结。林家柏想你是人渣。汪长尺想你是蛇蝎。林家柏想真臭呀，你的鞋子。汪长尺想你撒了什么香水，臭得我都想吐……

这是在因工伤索赔的一次对峙中，汪长尺与有钱人林家柏仇人相见时分外眼红的心理活动。东西用了"内心演出的戏剧"的笔法，来饱和式地叙述这个充满角色对峙意味的场景与过程，将人物完全置于其心理的支配中，从而展现了巴赫金所说的"复调的叙述"——两种声音都不是作者能够支配和控制的声音，相反，它让人觉得连作者也被人物的"速度与激情"裹挟了，作者完全听从了人物的召唤与安排。

还有小文的渐变。一个几乎从不为利益和俗物所动的乡村少女，一个本完全死心塌地喜欢着汪长尺的纯情女孩，在城市的逻辑与欲望的熏染下，竟一步步走上了卖身之路。东西将这个过程写得如此平滑自然，在回乡过年的卖淫女张惠的引领与怂恿下，她重复了无数乡村女孩进军城市的相似道路。东西用了近乎寓言的笔致，将这个"渐变"的过程，一笔便勾勒了出来：

> 为了证明小文真是一朵鲜花，张惠一有空就教小文化妆，还把她的长发剪成短发，还把自己的衣服穿到小文的身上。小文一天一变，开始像个民办教师，慢慢地像个公办教师，像乡里的干部，县文工团的演员，电影里的女特务，最后被打扮得像个城市的白领。……

仿佛一个进化与变异的演示图，这个逻辑使得小文在随着汪长尺进入到省城的那一天起，其命运的方向就已经注定了。某种意义上这也是乐句式的叙事，它将复杂的故事和漫长的时间流程变成了简约的旋律。如同余华在《许三观卖血记》所描写的主人公的十二次卖血经历一样，它可以是展开的变奏，但又是一个原始主题构成的主导旋律。汪长尺一次次考学复读的尝试，一次次打工挣钱的经历，一次次进入城市的努力，一次次受伤破产的遭际，到一次次容忍自己的妻子去洗脚城卖身，一次次在林家柏们的特权和金钱之下败退，到最后的孤注一掷……可以说与许三观卖血的壮举构成了异曲同工的旋律。

在这个过程中，"细节的重复"起到了至关重要的作用。或许与鲁迅、余华小说修辞的影响有关系，至少也可以说受到了某些启示——东西在《篡改的命》中使用了大量类似"重复"的修辞，"汪长尺不想重复他的父亲汪槐，就连讨薪的方式方法他也不想重复，结果他不仅方法重复，命运也重复了"，"我在写字的时候，力争不重复,不重复情节和信息"。① 但事实上这种不得已的重复,细节、场景和人物命运本身的重复,却反而帮了东西,使他的叙事具有了旋律感和戏剧性,以及强烈的寓言意味。这很像耶鲁学派的批评家希利斯·米勒所讨论的,"一个人物可能在重复他的前辈,或重复历史和神话传说中的人物",而批评家对于重复现象的关注,便是落脚于"分析修辞形式与意义的关系"。有意味的重复不只成就了鲁迅,余华,成就了他们小说中浓郁的寓言意味、戏剧性和形式感,也成就了东西,成就了《篡改的命》中叙述的节奏性与旋律感,彰显了人物血缘与命运的前赴后继,以及西西弗斯般的徒劳与困厄的努力。

还有饱含的感情。在许多片段中我意识到,东西所说的"失声痛哭"绝不是夸饰。他因为做到了与人物的同呼吸与共命运,所以人物本身的遭际与悲欢便成了他自己的遭际与悲欢,叙述的节奏由此紧紧扼住了他的笔端,使之无法不频频出现激越或华彩的段落,出现不是抒情但又胜似抒情的笔墨。比如当汪长尺看到年迈且残疾的父亲与母亲来到城市,沦为乞讨者和拾荒者的时候,作者也无法抑制住他泪如泉涌的笔致:

> 因为人流量大,汪长尺没有勇气靠近。他躲在一棵树下远远地看着,咬牙强忍,但眼泪却不争气,哗哗地流,流一点,抹一点,恨不得把眼前这幅画面一同抹去。仿佛是有了感应,汪槐抬头朝汪长尺的方向看过来。汪长尺发现他的脸又黑又瘦,眼睛变小,眼窝变深,连胡

---

① 见《晶报》记者:《作家东西:生活其实是在模仿文学》,2007年09月18日,搜狐网文化频道。

须也没刮。汪长尺把头磕到树干上，一下，两下，三下，磕得老树皮都掉了。汪槐看了一会，没发现异常，又把头低下。校园里传来上课铃声，马路上的人流量减少。汪长尺抹干眼泪，从树后闪出，走到汪槐面前，把带回来的两万块钱丢进口盅。口盅仿佛不能承受，一歪，滚到汪槐手边。汪槐的手一颤，像被针戳似的。他慢慢抬起头，木然地看着，仿佛眼前是一道强逆光。但很快，他深陷的眼窝挤出一串泪水，整个脸部瞬间扭曲，似哭非哭，似笑非笑。当他脸部的扭曲波一过，泪水便滑出眼眶，但只滑到半脸就凝固，仿佛久旱的大地没收雨滴。看着眼前这张干瘦缺水开裂的脸，汪长尺刚刚抹干的眼眶重又噙满泪水。他蹲下来，抱住汪槐，叫了一声爹……汪槐的泪腺好像被这声叫唤打通，眼泪"唰唰"，流过高山流过平畴。汪长尺问妈呢？汪槐指了一下对面小巷。汪长尺抱起汪槐朝小巷走去。他没料到汪槐这么轻，轻得就像一个孩子。他没料到汪槐会这么小，小得就像一个婴儿。汪槐越轻他就越难受，汪槐越小他就越悲伤。

这样的段落与许三观最后一次卖血被拒时的痛哭流涕沿街哭诉，真可谓是有异曲同工之妙。作者已经无法按捺住其努力的超然，不得不与"复调"的人物意志与声音再度构成了交响或者和声，甚至合二为一，成了一个人的内与外，里与表。由此我可以确信，东西不只是写出了文化和道德意义上的挽歌，也写出了生命与情感意义上的悲歌，写出了作为精神记忆上的哀歌。他遵循着自己的内心情感，不由自主地泼洒下这些真挚而感人的笔墨。

五、荒诞、哲学，或者结语

在《西西弗斯神话》中，阿尔贝·加缪开宗明义说，"只有一个真正的哲学问题，那就是自杀。"如果这话是对的，那么也意味着我们的主人公汪长尺同样具有了哲学处境，或者说也几乎思考了哲学问题。因为他最后终于跨越了命运的万壑千沟，完成了奋力而悲壮的一跳，向着那浊浪滚滚的河流中。虽然他的死更多地不是缘于哲学的虚妄与无所事事，而是死于穷困潦倒和对世俗之"命"的抗争，但也正像加缪所说"人们从来只是把自杀当作一种社会现象来处理"，可"正相反，问题首先在于个人的思想和自杀之间的关系。这样的一个行动如同一件伟大的作品"。汪长尺的死某种意义上也是一件伟大的作品，他结束了自己无法颠覆的人生与命，终结了世世代代无法替换的卑微与贫穷，完成了父亲不能完成的愿望——用了他比父亲更多的知识和见识，处心积虑将儿子实实在在地送入了富人之家。毫无疑问这是一个杰作，一个由灵感和奇思妙想构成的杰作。但也正因为如此，它也将小说的美学升华至了加缪所推崇的荒诞之境。"一个突然被剥夺了幻觉和光明的宇宙中，人感到自己是个局外人。这种放逐无可救药"，"这种人和生活的分离，演员和布景的分离，正是荒诞感"。[①]加缪的推理仿佛是为东西所设，为汪长尺所设，他提醒我们不能只从"现实"的层面来看待这部小说，它确实以异常

---

① 东西：《篡改的命》后记，第310—311页，上海文艺出版社2015年版。

尖锐和深远的方式，叙述了一种生存历史的终结，一个族类或者群落的消亡，一个时代的悲剧。但更重要的是，这部小说也为我们展示了加缪式的世界观，即"一个人永远是他的真相的牺牲品"。汪长尺正是这样，他并不知道，他的奋力一搏也许并没有改变任何现实，正如他与林家柏对簿公堂时验证自己儿子的DNA，得出的结论居然不是他的亲生一样。儿子最终也变成了别人的，这一切的努力到头来对于他自己和人类来说，都是一个旷古未有的笑话。

东西不愧是加缪的追随者，这个角度也使我看到了更远处的东西，使我对小说的某些直观的问题，某些叙述的不和谐或者不匹配有了合理的解释——比如说，从整个的故事结构与人物经历看，汪长尺之死应该是在20世纪90年代的事，因为最后其儿子"汪大志"变成了"林方生"并长大成了一名毕业自警察大学的刑侦员，是他偶然"发现了"自己身世的疑点及身份线索。这表明他的出生时间最晚也应该是在1990年前后，而汪长尺是在其儿子大志出生后上小学（初中）的年纪自沉而死的。这便有了一个问题：东西使用了近年的某些流行文化符号，来描写了他的身份与八九十年代的故事，用"死磕""弱爆""抓狂"等眼下的流行"热词"，构成小说前几章的题目，这当然不是十足恰切的，它使故事本身的情境与叙事的话语之间构成了一种游离或不统一。但假如是以刻意的荒诞美学来看，这却不能算是问题，而且还是其荒诞逻辑的一部分了，作家用了荒诞的风格与手法，用了眼下的修辞去处理十几年前的事情，反而显示出他的一种鲜明的态度。

至此，我想我可以收尾了，但我还是要借用加缪的话来作结，他说：

如果人们承认荒诞是希望的反面，人们就看到……存在的思想必须以荒诞为前提，但是他论证荒诞只是为了消除荒诞。这种思想的微妙是要把戏者一个动人的花招。

加缪分析说，当一位作家"经过充满激情的分析发现全部存在的根本的荒诞性时，他不说：'这就是荒诞'，而说：'这就是上帝：还是以信赖他为好，即便他不符合我们的任何理性范畴。'"[1] 显然，加缪的意思是想说，荒诞才是这世界的真相或者本质。如果这样的话是可以成立的，那么东西的小说也不只是叙述了现实中的离奇故事，而更是以哲学的面目和骇人的深广，向我们揭示了这个世界的荒诞，人性的，人心的，社会的，历史的，时代的和价值的荒诞。

这也是我肯定东西的理由。

2015 年 10 月 3 日凌晨，北京清河居

---

[1] 希利斯·米勒：《小说与重复》，第 2 页、第 4 页，王宏图译，天津人民出版社 2008 年版。

安息日的悲歌或
时代的亡灵书

——关于《第七天》的阅读札记

我读这个小说的感觉可能与心境有关。6月20日我在火车上开始读它,因为父亲突然得了脑血栓,他那么健康活跃的一个人突然得了病,我心情自然非常低落。我在回家的路上开始读,下午回到老家的医院里,一个不用说大家都知道的悲惨地方,我在那里一边照看父亲,晚上等到他睡着之后再继续读,到深夜读完。我随即就给余华发了短信,我可以在这里给大家念一下:"昨夜在老家医院一个人陪护生病的父亲,得空看完了《第七天》,欲哭无泪,心潮难平,想起了几个字,叫'安息日的悲歌或时代的亡灵书'。你仍是中国最牛、最勇敢的作家,向你致敬。"这是我当时的第一感受。

刚才大家提到叙事中"第七日"如何理解的问题,是"七日书"还是"第七日书"的问题,我也一直在想这个问题。因为我对余华的作品太熟悉了,我知道里面一定有一个特别有意思的"形式"。我一开始的疑惑就是为什么叫"第七日",明明应该是"七日书",

因为他讲了七天的故事，到了第七天也没有发生更大的突变，而为什么他不叫"七日书"？我想明白了，因为这是"安息日的悲歌"，其实整个七天都是"第七日"。上帝用了六日创造了万物和人，到了第七天安息了。他安息之后，世界才出现了悲欢离合与不幸和灾祸，这也就是"上帝缺席"之后世界出现的混乱。我记得我们几年前谈过一个问题，"当代中国的混乱美学"——我和余华大概七八年前谈到的中国作家如何处理中国当今的现实的问题，提到了这样一个说法。我觉得它可以升华为一个特殊的文化与美学范畴，"混乱"变成一个美学，古典的美学范畴，悲剧、崇高、优美、滑稽，在现代又增加了"荒诞""怪诞""黑色幽默"等，但这些都不能完全涵盖当今中国特殊的文化与精神病状。假如上升到文化与美学的高度，我以为确乎出现了一个新的美学范畴，就是"混乱"。为什么混乱？因为我们的社会经历了从高度的禁锢与统一，到历经了唯市场与物欲的过程，这个过程中出现了一个价值空缺的危机，而且这种价值缺失在高速推进的经济活动中，被更加放大了。《兄弟》下部写的所有惊世骇俗的故事，都是这样一个景象，《第七天》中所描绘的形形色色和林林总总，整体看也都是这个失序状态中的景象。

　　余华在处理当代经验的时候，我认为有一个比较特别的地方，就是他善于运用"减法"，即通过简化的处理，符号化、寓言化的处理，达到独有的抽象、集中与形式感。这一点我在十多年前的一篇题为《文学的减法》的文章中有过论述，这里就不再展开了，但我要强调的是，这种形式感在某种意义上会产生一种"宗教感"。比如这个小说，也许有人会质疑，觉得前面引用《圣经》里的几句话是一种装饰，但是我看下来以后，觉得不是装饰，还是意味深长的一种宣示，上帝创造了我们——当然我们这个民族并不是"上帝子民"，但是从象征的意义上，我们也同样需要信仰——却不管我们了，让我们的时代出现了难以承受的混乱，让一些人遭受了无处诉说的苦难，让一些人沦落到"死无葬身之地"。一个作家有责任来关注和书写这些，如果以"不新鲜"或"网络新闻里都有"作为一个理由，来对它所写到的内容加以质疑，我认为这不是合适的理由。非但不是，而且还很糊涂。因为假使余华不写，这个世界便少了一个声音，少了这部亡灵之书，我们的时代将缺少了一部有道德感和良知的作品，这是我们时代的耻辱。

　　说到"真实性"的问题，有人说这些事情还不够"真实"，那就没法理论了。这部小说中确乎面临一个现实的真实和逻辑的真实——亡灵故事中必要的"虚构叙述逻辑"——之间的协调与平衡的问题，这方面或许有一些可商榷之处，但总体上叙述还是成立的，有些问题需要时间来加以确认，《废都》问世之初时很多人觉得荒诞和不真实，但现在返回来看却非常真实，《兄弟》有人也觉得夸诞得太不真实，现在再读就好得多了。在我看来，《第七天》的叙事是真实的，处理方式基本是得当的，它以寓言的方式将时代简化为了一个缩影，以少胜多、以简代繁、以荒诞带真实地表现了现实，在荒诞里承载了更高、更丰富的真实，以及"哲学化的真实"。

　　关于"叙述的辩证法"，关于"戏剧性"与"形式感"，将来在我的文章里会有具体的讨论。我想说这个小说里面为什么有点刻意的，或者有点不太节制的"爱的主题"的描写，这是一个问题。《第七天》几乎超出叙事轨迹与逻辑地去展现亲子之爱，超出了血缘感情的亲子之爱，还有那两对年轻人感人至深的爱情的悲欢离合，特别是鼠妹和伍超之间的爱情，其中的理由并不是为了写而写地去表现爱，我认为爱在这个小说里是"不得已"的一个因素，如果再没有爱，这个小说从精神上、艺术上就没法平衡了。他只写到苦难，只写到黑暗，写到绝望，写到极致了，但从一个小说，从一个功能性的角度来讲，它就没法平衡了，所以我觉得这个爱是不得不写的。余华在写这个小说的时候，可能意识到这一点，加强爱的主题，会使这黑暗的色调出现一点点亮色。

余华一直是一个有着"多个界面"的作家，这可能是他在当代中国作家里特别独特的一面。以我们家为例，我们家祖孙三代都读过余华，小孩从三年级开始读《许三观卖血记》，她读的时候，用余华的话来讲，叫"咯咯地笑"，因为那时候她很小。我问她为什么笑，她说太"好玩"了。余华的小说里面，不论他写到多大的苦难，他总是用一颗童心把它化解，让它"轻逸"化，这是了不起的一种处理，删繁就简，以轻胜重，或者以轻载重。小孩子可以完全不顾及文本里其他的东西，完全将之作为一个儿童读物来看，因为无论许三观还是许玉兰，他们的智力都是和儿童差不多的。我的父母都是老一代的师范毕业生，做过高中和小学的语文老师，他们在2000年前后从我那里得到了余华的小说。他们在读《活着》和《许三观卖血记》时也非常兴奋，他们一边读还一天到晚在讨论，我问他们最大的感受的什么，也是俩字——"真实"。我父亲说，福贵、许三观这些人物所经历的饥饿和苦难，那些悲欢离合，就是他们这一代人的真实经验，这些人就活在他们周围，太真实了。当然我是专业读者，我读到的确乎比"好玩"和"真实"还要稍微多一点。

我常想，读余华为什么会有亲切感，因为我和他的经验有点接近，这不是套近乎——要解释他，这是一个角度，"在县城成长"，在小城镇成长的这种经验，能够把它转化为一种叙事的，在当今中国的作家里面不多。大部分作家关于乡村的描写是非常成熟的，在美学上特别成熟，但是关于一个小镇的描写却很少有，无论是《活着》《许三观卖血记》还是《兄弟》，基本都是"小镇上的小人物"。我觉得余华给中国当代文学提供了一个独特的世界，就是小镇上的小人物的"小世界"。这些小人物确实活在我的记忆里，活在我的周围，在《第七天》里大多数还是小人物，他们在故事中进而扩展为了"沉默的大多数"，那些永远不可能有言说的渠道、有言说的场合、有言说的权利的那些人——变成了时代的牺牲者，一群亡灵，为他们去写一本书是值得的。

从这个意义上，我个人读余华的书有一种由衷的亲和与喜悦，"有大欢喜"，因为经验形式包括生命记忆的相似性，使我获得了这种愉悦感。刚才大家提到一个想法，在《第七天》里面，他之前所有的叙事风格都看见了集合的影子，我也这样认为，里面有《兄弟》，有《活着》，有《许三观卖血记》，有早期的先锋小说的超现实的叙事，这些都有。但我恰恰觉得，他在写这部小说的时候十分纠结——因为大概五六年以前，他对我说过，手里有"好几个东西"，写了好多年一直没拿出来。我觉得这也是原来一直没拿出来的一个作品，这次终于在嵌入了许多当下的信息之后，变成了一个"现在的小说"。正因为这样一种"改写"关系，可能其中留下了虚构与现实之间、亡灵世界与现实世界之间、叙事的实与虚之间的某种不平衡，这可能是小说的问题所在，但究竟有多大的缝隙，能不能最终弥合，要看时间的检验。

秋鸿春梦两无痕

——读格非《望春风》小记

两年前,应该也是这个季节,俗一点说是叫作正值草长莺飞之时,我跟格非还有欧阳江河去了一趟镇江——也就是有幸去了一次格非的家乡。三个人在一辆车子上,穿行于绿荫蔽日的山间公路,转过了一个草木葱翠的山包,都情不自禁地在赞叹:这儿怎的这么美……而格非跟我们说,离这个地方不远,就是他的老家,他的老宅。他的老家本来比这里还要美,但现在已面目全非了。我记得那时他告诉我们,他在准备写一部小说,就是要把他的父母写进去,要为他的家乡的父老乡亲写一本书。

我当然知道他不是随便一说的。其实从读《春尽江南》之时我就有一种预感,即格非一定会再写一部关于江南的书,一部关于农业意义上的江南,而不只是文化上的、美学上的江南的书,它是具体的,融合着乡村自然与农业经验的实实在在的江南。因为很显然,只有《春尽江南》中的"书生的江南",还显得不够。

但是后来我就知道,格非在前年的秋冬之交就生了病,大病了一场。我现在猜想,他生病跟写这本书应该是有关系的。因为这是一部累心和呕心之作，他是用命在写，他把家乡的那些人物，他童年成长记忆当中的形形色色，生命中所有最珍贵的东西都搬出来了，他要回到那个年代，他要让一切重新活起来，这个当然要付出巨大的精力。我们终日泡在城市里，在书斋里生活得太久了，和土地的关系已纯然变成概念意义上的了，经验要想唤起殊为不易。但是一旦唤起之后，我觉得会有一种疯狂的情绪，会很激动——是那种百感交集的激动，再加上中年的经验之后，便会生出一种无限的哀愁。这个愁，我觉得可能还不是什么乡愁，而是更高意义上的生命之愁，也即李白所说的"万古愁"。因为关于人类所谓的乡愁，说白了都是对自己年轻时代与生命记忆的一种回溯，一种向死而回的生之冲动，对衰老和死亡的拒绝和恐惧。

或许格非正是全身心地投入到了这本书的写作，投入到这一情绪的酝酿和浸淫之中，他与生存的这个环境、甚至同他自身之间，构成了一种不由自主的紧张关系，才终于把自己写病了。所谓忧而伤神。

格非这本书，和之前的三部曲有相似之处，也略有不同，如果说《江南三部曲》是用经验和思想写的，而这本书，则是用心写的。而且写这本书的时候，我觉得格非是稍稍压抑了他身上的弗洛伊德，压抑的结果是，他原来小说中的那个活跃的角色——写作者，一个由弗洛伊德主义武装起来的、满脑子都是精神分析的思想、锐利的"X光机"般的目光，来洞悉他笔下的人物的"上帝般"无所不知的角色，似乎模糊了很多。如此，他习惯中的主人公的身份和角色，也稍稍弱了一些，至少在最后的结束篇章之前，是受到了压抑的。在早先的小说中，他永远会让他的主人公成为一个"局外人",加缪意义上的,那个时代的、那个故事当中的局外人。当然,《望春风》里面保留了,部分地保留了,但不是刻意的,弗洛伊德已经不见了,加缪还有一点点影子,主人公最终仍然会把自己搞成一个局外人。

以上或许就是格非永恒不变的情结,这个情结当然是我们这时代的一个优秀的作家所应该保有的品质,弗洛伊德的目光,加缪的心。这个我觉得倒也不是完全西方的,可能也是中国式的,是从屈原以来的读书人脑子里、灵魂里面根深蒂固的那种东西,忧心,愁思,说到底,或许就是万古愁、大悲催这些东西。在现代性的意义上,他就是一个"局外人",在传统的意义上,他是一个"流落者",就像《红楼梦》开篇所述的被弃置在大荒山无稽崖青埂峰下的那块石头。格非现在让人感到喜欢、由衷欢喜的一点,就是他把中国固有的文化原型和外来西方的文化原型融于一身了。我觉得这是了不得的一件事。

而且,他还适度地张大了他身上的一些东西,就是写实的功夫与耐力,这一点容易被误解,容易成为"现实主义的回归"这类庸俗的命题。我也说不清楚,总之他张大了他身上的狄更斯、托尔斯泰,更张大了曹雪芹。我这样说或许更合适些——他原来的方法论意义上的、世界观意义上的那些东西,可能有所退让,而那些属于文学的应有之义、固有之意却随着年龄增加而进一步显现出来了。

关于《望春风》的主旨,我认为有两个,一个是处理当代历史,处理靠近我们眼下的当代历史,还有一个是处理乡村记忆。当然这在之前的中国作家身上,早已不是什么稀有之物,中国当代最有出息的、最勇敢的作家，其实早已广泛触及过最近半个多世纪的历史，这是没有疑问的——但是处理的方式却是值得讨论的，我这里的重点就是要谈论一下格非的处理方式。之前的作家无不是用荒诞加变形的手法，因为没有办法不荒诞不变形，如果不这样的话一定会出问题。《四十一炮》和《生死疲劳》是荒诞变形的，《兄弟》和《第七天》是变形的，《受活》和《炸裂志》都是变形的，甚至《春尽江南》中涉及近些年的社会生活，也有变形的处理，这我就不用举多例子了，所有好的处理当代历史的作品，其手法都是荒诞变形的。但是格非的《望春风》，却大致上尊重了历史，几乎是按照历史的本来面貌，去用了老实的笔法来表现的。而且尤其重要的是，他对于当代中国社会生活的处理还契合了"大历史"的逻辑。这种大历史避免了黑格尔式的总体性，因而也就区别于以往的那种进步论的历史修辞，不再是一个波澜壮阔的巨大的虚构体，一个巨大概念。过去作家们处理中国当代历史，是从进步论到颓败论的反转，但无论是进步论还是颓败论，速度都会极快。比如说在《兄弟》里，余华抓取若干个点，把它漫画化，荒诞变形处置以后，它便构成了巨大的历史修辞，历史如猛虎般扑过来，闪将去，一下子就远了。一旦颓败与消散，它的挽歌或哀歌的性质就出来了。但格非这里却用了中国式的方式，他当然也是要写挽歌，要表现颓败，历史的终结，但他又故意去掉了时间的整体性，将之切碎为每个人的若干片断。但总体上，又合成为一种《红楼梦》式的，"几世几劫"式的大荒凉的循环。

有人已谈到了《望春风》的叙事特点，即所谓纪传体的、折扇式的手法，确乎是有类似的元素，这是典型的中国式的叙事，来自《史记》的或《水浒》式的史传传统，但格非将这种结构又刻意处置为"碎片的镶嵌或拼接"。这种方式尊重了个体的生命处境，个体的历史记忆，个体的经验系统，也因此避免了大历史处理的简单化。从这个意义上说，格非又牛了一把。

是否可以这么说：这是整个当代文学中以前没有过的处理方式，它的直接效果是"时间变慢"了。读这种小说，休想立刻建构出一个总体性，时间变成了无数个小的水洼，而不再是一条滚滚向前的洪流，它变成了若干个安静的小湖泊、小水塘，它是这样的泥泞和漫长，与宁静与原始的乡村记忆相匹配。而我觉得，这是他重返乡村世界，重返童年记忆的最好方式。从主题与结构上讲，他正是以此正面触及了当代乡村社会的历史，真实地还原了这个历史本身。在之前的《江南三部曲》中，格非处理了从近代一直到现代、当代三个时代的历史，并且侧重处理了革命史、知识分子的精神史，三部曲加起来是很伟大的一个构想与创造，但是却没有正面触及乡村记忆与历史。而这次，我觉得格非是给自己补还了一个心愿，他的童年记忆是这样折磨着他，他半是城市半是乡村的成长经历，让他无法不决心给自己的乡人写一本书。假如真是有这样一种自觉的话，那么《望春风》我们就可以理解为是一部当代中国乡村社会的变迁史。但这个变迁史，格非将之还原为乡村普通人的日常记忆和细节记忆，把它生动地经验化和生活化了，而不只是形而上的和诗意的处置。

如果它作为一个挽歌的话，它不是那种概念化和简单化的挽歌，也不是象征化、概念化了一个东西，也没有故意把它诗化。当然，格非是一个非常有诗意的可能性和一个诗意处置方式的这么一个作家，他是中国当代作家中最具诗意的作家之一，但在这个小说里面，他却放弃了《江南三部曲》中的那种诗意，而是进行了最为质朴的处理。但即使如此,我看完它时,还是觉得心潮澎湃,百感交集。只是在看到一半的时候,会很为格非担心,觉得格非把一个好作品写松了,但读到最后,我却发现他成功地将它收拢了,而且将之幻化了。主人公回到了当年的老房子,重新种了蔬菜瓜果,草木重新生长起来……让人恍若隔世,恍若前世,也恍若后世的那种感觉,中国小说或者中国叙事的感觉完全出来了。我觉得这个处理,只有大师才会如此从容和淡定,以及了无痕迹的处理能力。

关于结构的问题,《望春风》是把中西两种原型结合在一起的,来自西方《失乐园》的原型,和来自中国古代叙事《红楼梦》的原型。这其实也是之前《江南三部曲》的叙事和结构方式。这再次证明,任何一个优秀的和重要的作家,都不是单纯靠个人才能确立的,他一定和传统之间找到或构成了精妙的对话关系——致敬的、呼应的、仿写的或颠覆的关系。如果我们现在讲什么是真正的"中国故事",在我看来,格非正是在创造独属于当代中国的"中国故事"。很显然,他的叙事和新文学、和早些年的革命叙事已经没有太多关系了,和中国更古老的文学却越来越近,这是很有意思的。假如说他离当代革命叙事越来越远尚不是一个问题的话,离"五四"以来的新文学越来越远却是一个问题。这意味着新文学到现在一百年,居然越来越不像它最初的样子了,它长大了,它开始回到自己的老祖宗那儿去找相似性去了。拥有这种能力和自觉,甚至在从容不迫中不期而遇,确乎是一件了不起的事。一百年的新文学成色几何,你生长到了什么程度?我以为这是一个标志——离"五四"文学越来越远了,同新文学越来越不像了，与中国的古老叙事却越来越像，这不是一个简单的复古，而是在现代性的视野的获得以后，一种重新的身份寻找和自我定位。

有多位学者指出了格非在艺术与美学上的追求的意义，我都非常赞成。显然，在近几年中格非小说的经典化确乎有加速的迹象，现在的本科生和研究生中，愿意谈论格非，且以他为论文研究对象的越来越多了，而前些年则根本没有人提到格非，学生对于他还感到有一种陌生和惧怕，因为涉及的知识和相关问题多少有些"稀有"的意味，而近年来，他却有迅速"被知识化"的趋势，这就是一个信号了。很明显，他正在变得重要和普遍化。

前几日在一处遇到孙郁先生，他问我，《望春风》读了吗？我说正在读，差不多快读完了。他说，这本书不一样啊，之前读《春尽江南》只是觉得好，但这本书让我对格非又刮目相看了。我问，怎么个刮目相看法，他非常有深意地笑了笑说，有大师气象了，你不觉得吗？

我自然知道他所说的意思。这部书之不寻常之处，正在于看上去是并不太用力的，但读进去，却知道其内功，其内伤是有多深。他将一段巨大的社会历史，同个体的生命记忆，同个人的小诉求之间设立了一个美妙的同构关系，这一切犹如《红楼梦》中所设计的一样，一个个人的隐秘经历，一个难以示人的"春梦"，与作者最终要表达的春秋大梦，与世间一切的经验与存在的属性一样，都属于"空"。而领略到这样玄妙之意的人，还有诸多先贤，苏东坡便是其一。我忽想到他的《正月二十日与潘郭二生出郊寻春忽记去年是日》中的句子：

> 东风未肯入东门，走马还寻去岁村。
> 人似秋鸿来有信，事如春梦了无痕。
> 江城白酒三杯酽，野老苍颜一笑温。
> 已约年年为此会，故人不用赋招魂。

这"东风"委实便是春风，春梦无痕，秋鸿有信，但一切都无须多言，人间的沧桑与幻象是最好的教材，真正聪慧的人都会从中了悟许多。格非的小说与东坡的诗意，仿佛是一个互文的案例，他们才是真正的知音。

说到底，"望"春风不是过客和观赏者的态度，而是凭吊者的态度，是死者的态度，也是消逝了的儒里赵村的态度。但无论如何，几近终老的赵伯渝已没有风景，所有的风景都失散于时间和历史之中了，有的只是痛彻心扉的虚无，和永世无助的孤单与苦难。

归去来，或从故乡的方向看
——读莫言新作的旧角度

近几年中，我有机会去了几次高密东北乡。有两次是开会顺访，参观了莫言在故乡的旧居，还有一次是作为"文学顾问"，跟随纪录片摄制组张同道等前往，一起陪莫言回了一次故乡。这次还参观了他当兵时在高密县城的旧居，好像是在南关的一座小小的院落，有他亲自盖起来的几间平房，院中有两棵长势很好的石榴树，好像还有一颗是银杏。深秋时节，院子里一地金黄，虽是略微寒碜了一点，但比老家那个旧居却是好得多了。莫言说他的《丰乳肥臀》就是在这里写的，他告诉我，那时里屋的这张桌子上只有一摞写就的稿纸，其他什么也没有。

桌子还是从前的老样子，而照片里的人却由年轻而沧桑了许多，当然，也比年轻时看上去更帅气了几分。我摸摸那桌子，其实就是一张再普通不过的、民间手工制作的桌子，上了很浓的清漆。它的并不光亮的桌面，仿佛见证着主人当年简陋而清贫的时光。但在这里，却分明曾有过一个世纪的风云激荡，有过主人公澎湃汹涌血火交织的历史想象。

所谓的高密东北乡，在小说里是一片磅礴原始而又苍茫的土地——甚至你可以将其解读为是"民间"或"大地"一样的概念性的去所，那么巨大的存在。但在现实中，却是那么小小的一点。

我时常回忆起在《红高粱家族》和《丰乳肥臀》中的高密东北乡，在那其中，仅是胶河就十分宽广，还有一条稍远一点的墨水河，两者都是水流滔滔、流淌着逝水年华和历史变迁的名河，但往昔的浮光跃金，如今都只剩下一条时常断水的小河沟了。墨水河我没看到，但胶河已然是断续的水洼。自然的衰败——终归也是人事的衰微——似乎是无可挽回的，但现实与文学想象，确乎也有距离。在小说里，我设想主人公的家距离胶河要有一段不小的距离，那里安放着一个莽莽苍苍的自然世界，有野物出没，有莽汉消遥，有可供骏马驰骋的丛林与开阔地，而现实中莫言的旧居，却只是坐落在距河边不过几十米的地方。

我遂感慨，童年的空间感就是如此，你直到长大了，才知道那片土地有多么小。

更小的是那爿低矮的老屋，说是五间草房，其实总的面积也不过二三十平米，西头两间是当年父母亲住的，一盘土炕占了一间，另一间是贮藏室，放粮食和农具的地方，一架母亲用的纺车还蹲在那里。中间一间是门厅，其实也是灶屋，贴地盘着一个锅台，几个人进来就站不下了。东面的，就是莫言的婚房了，当年娶媳妇、生女儿都是在这里。墙上糊着一层旧报纸，算是唯一不一样的"装修"，一张相框，里面嵌了许多张老照片，其中引我注意的一张是莫言戎装持枪的样子，很是威武。相框下摆着几个小件，其中一个是一只喝水的军用瓷缸子。似乎油漆还是完整的。

这便是昔年的全部家当。无法想象这就是昨天，这个家庭曾经历的清寒与贫乏,但就这里,诞生了那些令人难以置信的诡奇想象,凝成了那些大河滔滔般的有生命的文字。

这就是故乡,比鲁迅的那个要简陋数倍,但同样是出发且归来的地方。

它才是莫言魂牵梦绕的。跟着他回来一趟,才会有这种贴近的感觉。

几年来屡有朋友托我捎话,让我劝他到国外住住,要不在澳门或者香港买个房子,可以躲躲周围的热闹,少些世俗的活动与劳累的应酬。我甚至冒失地建议,干脆在巴黎买一所房子,到那里可以近距离地感知一些西方作家的思想,当一个真正的"国际化作家"。但这些都被他一笑置之。尽管他也不愿被俗事所困,但他说,不懂外语去了国外便很无趣,也很难适应人家的环境。这是他的回答。我有些不以为然,心想,只要他愿意,这些其实都不是问题。

但这才发现,他说那些也都是敷衍之辞,而真正的原因不是别的,就是他无法长时间地离开他的土地。因为他的灵感很少来自别处,而总是出于那片狭小的、在地球上很难查找,但在他的精神与艺术世界里却无比广大的土地。

天公如此作美。第一天是深秋,衰草萋萋,落叶满地,在故乡河边的一块洼地上,他穿过童年割草和放牛的荒野,走入了一片树叶寥落的杨林。那片林子的年龄肯定没有他大,所以他对着这林子述说着他的故事,摄像机无声地跟拍。他走着,深一脚浅一脚,声音也时断时续,我忽然看到他走进了一场大雪之中。

一片白茫茫,仿佛《红楼梦》里的某个景象。

这当然是幻觉。同道说，我们运气真好，第一天还是秋季，第二天早上就下了这场大雪，还是那片外景地，季节却忽地焕然一变，他的片子里就出现了这神奇的一幕。莫言在故乡的土地上走着，也仿佛是穿越了时光漫漶的隧道，穿越了现实与幻境交替的存在，穿越了化蝶破蛹的一刻。文学真好，它的幻觉不只是抽象的，也是可触摸的，它的变幻充满了哲学性的生长与升华，有始料不及的广远寓意。

莫言走在他故乡以西三里远的河道里。那里是《透明的红萝卜》故事的发生地，一座简陋的水闸还矗立在河边，连接着另一条更小的干脆已经淤塞的河沟。在那里曾经发生过一个凄美的，荡人心魄的爱情故事，少年的幻想与悲伤仿佛还在空气里沉浸。我知道那个砸石子的黑孩，其实就是莫言自己，但他现在穿了一件棉布夹克，戴着鸭舌帽，围着一块厚厚的围巾，摇着他中年的步子，走在荒草起伏的沟坎上，有几许兴奋，或者也有些许伤感地看着周围。他的手势一摇一摇的，在我们的前面兀自走着。

我看见他瞬间被大雪——乡愁般的大雪遮挡了身影。他回到了他的记忆、童年，以及属于他的高密东北乡。而我们，却都是银幕以外走不进去的观众。

遇见乡人的时候，莫言就干脆收起了他那有口音的普通话。就像陶潜《饮酒》诗中所说的，"父老杂乱言，觞酌失行次"，还没等喝酒，便说起了似乎有那么一点"醉意"的高密东北乡的方言。他告诉我，2012年末去瑞典领奖的时候，一位"洋老乡"驱车几百公里来祝贺他。这女士长着一头金发，一双碧眼，却可以说一口纯正的高密东北乡土话。她在中国出生并长大，20世纪

70年代才回到瑞典，是一位在高密东北乡传教的瑞典籍牧师的女儿。我遂知道，《丰乳肥臀》中所写的那个马洛亚牧师，确乎不是故意给设奖者"眉目传情"，而是确有原型的。

而我多年中，都无意识地放大了这个人物的"对话性意图"。

进了他的家——其实是他二哥的家，他九十多岁的父亲现住在老二家。张同道驾着机器，外面雨夹雪在落着，老爷子的声音洪亮得很，但说的话别人基本听不懂。当然，别人说的，他也听不懂。莫言就不断地转换口音，为他翻译。其时他的生日快到了，莫言希望与全家和亲朋在城里面吃一顿饭，但老人家坚决不应，坚持要在家吃。后来莫言急了，便说您这样是不给大家方便嘛。他用笔在一张A4纸上，郑重地写下理由，还有吃饭的地点，老爷子最终还是答应了。

宴席我没有赶上，但后来看到了私人视频，莫言还在亲朋中间讲了话，讲得很精彩，可惜没有更多人看到。作为不在现场的读者，不知怎的，我却似乎更像是一个在场者，因为我在莫言随后的小说中看到了更多，仿佛他们也都是参加宴会的人物。

至为奇怪，随他回了一次乡，我感觉自己变成了他小说世界中如影随形的人物。无论再次读旧作，还是初遇其新作，都有了一个挥之难去的幻觉，仿佛那些人物都是真的，是他那些乡人中的一个，而且也都成了我的熟谙的"故人"。

这些熟人一直在我眼前晃动，仿佛也让我穿越回了童年，或者往事之中。

在《地主的眼神》里，我看到着力的一个"意"字，那"眼神"似乎比人物本身还重要。眼神里，有着历史的恩怨纠结，难以言喻的人性奥妙，它让我们体会到历史确乎没有政治那么简单，善恶也没有阶级那么分明，乡村的伦理和农民的文化也不是那么容易改变，家族的恩怨情仇似乎还一直在后人之中延续，又随着时间的沧海桑田在发生着和解与湮灭。一个短篇几乎包含了所有乡村历史的风云，与人世的无常翻转。我在莫言的乡人中搜寻着，其实也是在我的乡人中搜寻着，仿佛一张旧照片，我感到他就存在于我童年的记忆中，觉得那么熟悉。

我还需要言之凿凿地说，这是好的小说，或者出色的人物刻画之类的话么。那些笑骂的，或斥之为平庸的、江郎才尽的，尽可以表达他们的看法，但一个真正的好作品难道不是在唤起你的记忆或者经验的同时，让你忘记或感觉不到它的存在吗？

另一篇《等待摩西》，亦是对近几十年历史变迁的一个缩写式素描。它所包含的其实是一个长篇的容量，所传达的内涵也不亚于一个长篇的形制。这个半是好人半是骗子的柳摩西，他所做的一切，打爷爷、骗妻子、假豪爽，耍各种伎俩，几经发迹又潦倒落魄，正是显示了乡村在这些年中的伦理颠覆与财富轮回，印证了人心世道在这个过程中所经历的一切。他其实可能就部分地活在我们身上，或者就是我童年的某个玩伴，是我曾经交集与爱憎过的一个兄弟，或是芸芸众生中的任意一员。读这部小说，你无法不为自己所亲尝或听闻的故事，而感到如在眼前，且五味交杂。

还有《左镰》《斗士》等，我都看到了莫言活跃的记忆及其不断的发酵，这是作家与我们不同的，也是作家必须有的责任。遗忘是社会的天性，也是人性的本然，它投射到历史之中，便会成为人类的阿喀琉斯之踵，一旦遗忘，人类便再难进步。这里有变相的自审，也有历史悲剧的强调，有现实的殷殷提醒。在他隐显交织的笔墨中，分明闪现着这种焦灼，也断续有这样的提醒。

真正强烈提醒的还有《天下太平》。这篇幽默而又令人不安的小说里，充溢着莫言惯用的寓言笔法。水塘里的鱼是如此肥美，打鱼人心中充满了喜悦的贪欲，但叙述的情境却近乎一个荒诞的梦境，少年被那只鳖咬住了手指，引发了打鱼者与看守人的争执，也扰动了平静得近乎空心化了的村庄，更昭示了自然环境急剧且后果不明的恶化。所有的危机都似乎在一件不足挂齿的小荒唐事中露出了端倪，而鳖背上隐约可见的"天下太平"四字，反而更衬托出这种"乡村正在死亡"的危机的深远与难测。

显然，我并不想在这篇随记式的文字中端着架子逐个评说。我想表达的是，作为一个试图并且接近过作者的经验世界，特别是接近过其故乡以及故乡人事的读者，我似乎找到了一个更加直接和切近的角度。

当然还有历史，以及由历史演出的戏剧。以往莫言写出了戏剧般的小说，《檀香刑》《生死疲劳》都庶几近之，也写出了戏剧化的历史。远的不说，近的也有作为双重文本之一的戏剧体《蛙》，这次又读到了他的戏曲剧本《锦衣》。我想说，他还是钟情于他的历史叙述——在诸多围栏或是天花板下的、戴着镣铐舞蹈的叙述，以及借古喻今或是古今对话的笔致，表达他的感愤或忧思，对人性与文化的解读与抨击。

只是，这次他彻底换了腔调，戏曲，地方性的戏曲——他写作中如果有"假想唱腔"的话，一定首先是他故乡的茂腔，或"猫腔"。不知为何，我在读《锦衣》时，耳边响起了高密东北乡的土话，间或还有操着家乡话在念白的莫言的口音。

"这里有英雄救美,有移花接木,有善恶必报,也有偷梁换柱,种种旧戏中常见的结构与主题,在其中都有体现。当然,最重要的,是它再度深入探究和处理了近代中国的革命与社会问题,既生动地再现了中国社会的各种弊病,披露了人性与国民性的致命缺陷,又从文化、制度、伦理,甚至文明的层面,深入地揭示了国家衰亡和人民造反的原因。可以说,莫言以他独有的戏剧性笔触,通过人物的对话,活脱脱将之彰显无遗。"

这也是我之前的一小段时评文字。我不想再重复戏中的精彩,这捕风捉影的故事或许有些许传说中的出处,但更多是移花接木与望文生义,它说到底,仍是高密东北乡这块土地上固有的蛮荒与野性中疯长出的故事。

我读出了几许悲伤,还有更多的无奈。比之年轻时的澎湃汹涌,现在的莫言或许已是静水流深,但故乡依然是他灵感的温床。我读出了几分屈原和杜甫,也读出了几分陶渊明和李白,当然,都是下降到尘土、接上了地气的他们。我终于知道,莫言为什么总是喜欢回到老家去写作,这与现代作家几乎是背道而驰。鲁迅选择了离去,沈从文选择了遥想,而他却选择了归来,虽然他们所批评的、所切肤疼痛的东西,是这样的一致。

"羁鸟念旧林,池鱼思故渊……"这也许是古老的天性,抑或是有现实的驱赶——"久在樊笼里,复得返自然。"我不太愿意用类似"晚期风格"(赛义德所谈)式的概念去形容,但这些作品中所显示的某种从容、宁静、缓慢、自然,以及它背后所隐含的某种不易觉察的矛盾、困顿、疲倦与伤感,还有其中可能的传统式的"归返心态",确乎是绊住了我的心。

我知道，他只是不断地归来，还不会——可能永远也不会——成为另一个陶渊明。"后诺奖时期"或许是有的，但"晚期风格"还谈不上，我们只是因之看到了他更趋多面的性质。对我来说，确乎有一个不断出发的现代主义的莫言，也无疑地看到了一个不断归来的模糊的莫言，他不再一味地"现代"，但却变得更为丰满。

2018年9月27日凌晨，北京清河居

渐行渐远的"黄金时代"

——关于 80 年代以及马原的一些感想

今天的题目中有这么几个关键词：一个是"80年代文学"，一个是所谓"黄金时代"，还有一个就是鹊起于80年代的作家"马原"了。合起来，大概就成了这本书——《重返黄金时代》。本来还有一个"余华"，但他到底没来，于是就剩三个。但三个和四个的意义基本是一样的。

我简单说一下我的一些想法。

首先是"80年代"和"黄金时代"的问题。今年是2016年，如果我们从1986年开始算，到今天刚好30年，如果从1986年以前算，已经有30多年了。1986年，余华还没出来——那时他开始写作了，但到1987年才冒出来，而马原那时已经写了一批特别有影响的小说。1986年他特别有名的一个作品就是《虚构》，似乎是在《收获》上发的。到目前为止，这可以说是他短篇小说的代表作。还有莫言，他的"红高粱"系列基本上都是在1986年发表的。也就是说，在1986年前后，我们已强烈地感受到了中国文学的一个巨大变革。之前中国文学已经开始了变革，但在

20世纪70年代末80年代初还算是小打小闹，从技术层面还是牛刀小试，并未有根本改变。从内容上讲，还是写伤痕、反思、改革这一套，还是跟当前社会生活完全纠缠在一起。到1985年以后，相继出现了马原、扎西达娃、莫言、残雪，还有刘索拉、徐星、韩少功、王安忆、贾平凹等这批人。他们推动出现了两个文学现象：一个是"新潮小说"，一个是"寻根文学"。两者都是在1985年出现的。但是要说到文本，很多重要的作品则都是在1986年以后出现的。显然，在20世纪80年代中期，中国文学出现了一个根本性的变革，照后来的说法，就是从"写什么"到"怎么写"。"怎么写"这里面很重要的一个代表人物，就是马原。

80年代文学很丰富，但要谈起来会很烦琐，我就不在这儿背书。我的意思是说，我们对历史的想象，通常会借鉴古代的资源，如历史、民俗、神话传说等，或者借鉴其他民族的说法，比如说俄罗斯文学。我们知道19世纪的普希金时代，我们会把它叫作"黄金时代"；到了20世纪，沙俄晚期和苏联早期，我们把这个时代叫"白银时代"；再往后，就既不黄金，也不是白银了，慢慢就变成了"黑铁时代"。王小波就有这样一个系列，《黄金时代》《白银时代》《黑铁时代》。这是我们对历史的想象习惯，把比较早先的时代想象成是一个特别美好的时代。今天很多人怀念80年代，便有这样的原因。确实，80年代很重要；其次，80年代又充满了精神性和理想化的氛围。还有一个原因，就是80年代一去不复返了，它作为我们追怀、缅怀的一个对象，就像我们每个人自己的无可挽回的记忆与经历。

这是自我想象和历史想象的一种合一的诗化方式。我们赋予了80年代很多的美好的东西，因为它确实改变了之前三十多年文学的走向。如果做一个类比的话，整个20世纪的文学，"五四"到30年代，差不多也是一个黄金时代，一个新文学发育成长的时代；而40年代以后，随着抗战的救亡主题冲淡了启蒙主题，文学开始变得和现实、和政治走得越来越近；那么走到60、70年代，就走到死胡同里了。80年代重新打开了国门，一代青年作家成长起来，他们身上吸纳了比较多的外来的思想和手艺，给中国文学带来了一个全新的景观。80年代文学对整个当代文学走向来说，具有继往开来的至关重要的作用的，所以我们给这个年代很多想象性的、美化的东西，也是很自然的。

其实我个人倒觉得，黄金时代结束以后，白银时代也许是文学最重要的收获期。比如说，90年代的文本就是更加重要的，有大量优秀的长篇小说开始出现。但是90年代的马原却有点游离了，他自己刚才也说，中间有二十年没有写作。但是这并没有影响到他的地位，因为80年代他是一个极重要的开辟者，即便他没有再写，他的影响还在。因为历史总是不会抹杀那些重要的作家和文本的。

我这会儿想起了我写过的一篇文章，是关于马原《虚构》的一个细读[1]。《虚构》这篇小说很多年里成为当代文学批评的一个问题，一个范本。上海的批评家吴亮在1988年写了一篇非常有影响的文章，叫作《马原的"叙述圈套"》[2]，此文也是现今中文系学生、研习当代文学历史与批评的人的一篇必读文章，吴亮在文中创造了一个词语，就是所谓的"叙述圈套"。当时结构主义叙事学的理论还没有引入，很久以后我们才知道有个词叫

---

[1] 弗洛伊德：《精神分析引论》第258页，商务印书馆1986年版。
[2] 弗洛伊德：《性欲三论》第87页，国际文化出版公司2000年版。

"metafiction"——就是"元小说",或者叫"暴露虚构",其实他说的那个叙述圈套就是个元虚构或者元小说的概念,但是吴亮在还没有读到国外的结构主义与叙事学理论的时候,就已创造了一个本土化的批评概念。你看,马原不止影响了当代小说的进程,还间接地影响了当代文学批评的进程。

我说到80年代,其实也是说了马原本人,他是当时第一批去西藏的人。当时在知识界和文学界,大家都意识到,文学往哪里走?学术往哪里走?学术界在80年代前期做的工作,就是从社会政治学转向民俗学、文化学、人类学、宗教学、神话学这样一些领域,那么学术就发展起来了。作家呢,由两眼盯着当前写改革、写创伤,转而不玩这些,到最具有文化承载力的那些边远的地方去探寻,到秦岭大巴山里面,到太行山深处,到大兴安岭密林里,到湘西世外桃源中……还有到西藏,到了那里,才能找到和文学天然贴近的地方。比如,很多诗人跑到西藏,就写出了特别神奇的东西,马丽华就是个例子;很多作家跑到了西藏,马原、洪峰、马建等等。他们在那里写小说,天然地就贴近了魔幻现实主义。这就给我们认知历史、认知文化、认知人生、认知世界,提供了一个完全不同的尺度。

这是他们来到西藏这样一个偏僻的地方、又偏偏写出了不得了的小说的原因。他们直接改变了80年代人的时间观、世界观、价值观,这就是80年代一个非常重要的变化。

时间关系,我也不能喧宾夺主,抢了马原老师的风头,简单说一下这本书。我首先觉得它特别有意思,有时记述历史就要看历史的边边角角和局部的东西。80年代究竟是什么样子的?我们通过其中上百个他访谈的人物,一看便知。这其中有学者、作家,也有批评家和编辑家,还有翻译家,各色各样。这些人物的触角深入到 80 年代社会结构的各个层面,承载了 80 年代所有的文学信息,甚至社会历史的、文化的信息,我们从他们非常有趣的对话中,能够感受到那个年代人的精神风貌、所思所想,由此会生成关于 80 年代包括 90 年代初的印象。因为访谈的时间是截止 90 年代前期。现在又过去 20 多年,再回过头来看,年纪大一点的人会有一种沧海桑田的、百感交集的感受,时光荏苒,真是不知不觉走到了今天。当年那样一个惊世骇俗的、奇葩的马原,今天变成了这个坐在大家面前的、见证了历史、作为历史的讲述者和追怀者的马原。我记得有一年在网上看到,马原不知你在哪个地方被一帮小痞子、小混混还打了一下。(马原:打到昏迷。众吃惊。)我讲课时,把马原老师年轻时的照片,大胡子的那个,还有那个挨了打的照片一起贴在幻灯上,学生看到以后觉得很荒诞。再有人欺负你时你要告诉我,我带着我的学生们去打架,坚决保护我们的马原老师。(众笑。)

　　这本书我觉得是非常有价值的,不仅是一个珍贵的史料,也是活色生香的东西,是历史的活体的存在,充满了声音感,和历史的质感,我觉得认真读一下会有收获的。

　　还要谈一点关于时间的模式问题,因为这关涉到如何认识 80 年代。

　　文明古人看待文学,并不总是按时间来讨论,从《昭明文选》到《二十四诗品》,都是"分层法",文学家都是选家,是被钱玄同和陈独秀骂为"选学妖孽"的人物。按照其标准,好的和次的分开层级,从不按时间来编排。孔子所编的《诗经》,其文本是几百年甚至更长时间的产物，但夫子并没有讲述一个进步论的模型，讲述诗经过了一个从原始的、粗糙的样态，到逐渐丰满的现在，这么一个发展的进程。而是直接将之分为"十五国风"，是按空间去划分的。现在的研究方法是采用了所谓"历史的方法"，过于依赖进步论的逻辑，将之总体化。我们过去读大学的时候，老师讲外国文学史，总是这样的一种模式：古代似乎的还好，古希腊和罗马，然后是一千年的中古黑暗，之后是文艺复兴。但到了近代以后的资本主义时期，就有进入了黑暗，只有到了巴黎公社之后的无产阶级文学时期，才有了最好的文学，讲来讲去就只剩了《国际歌》和欧仁·鲍狄埃、高尔基。讲19世纪那么多文学作品，其核心思想都是对万恶资本主义的控诉。它把所有东西都简单化了。

　　后来这种思维看起来也有了"进步"，不再这么简单地讨论，但也还是一种时间化的逻辑，比如从"五四"启蒙主义开始，新文学的雏形得以构建，到了30年代渐渐丰满，到了40年代，因为"启蒙和救亡的双重变奏"的问题，救亡压倒了启蒙，然后文学出现了问题，走了下坡路，然后到了80年代重新启蒙，人文主义的、人道主义的、现代主义的，各种新的和属于文学自身的东西得到了恢复，然后逐渐发展，然后走到了今天。

　　但是在时间模式里，大家的看法也会彼此打架。有人觉得80年代好，觉得80年代是"黄金时代"，因为那时他们是年轻的，正在恋爱时期，而且那时候人们对于文学的理解也是有着神话般的崇敬——我记得那时候的杂志上登征婚广告都会说，某男，今年26岁，大学毕业，身高一米八〇，长相英俊……但这都不是最关键的，最关键的是一定要加上一句："爱好文学。"（马原同说）它是一个择偶恋爱的必要条件。言下之意，如果不爱文学，这人就无趣，谈恋爱有什么可谈的？苏童写了一个小说叫《什么是爱情》，就是专门讽刺80年代人谈恋爱的。80年代虽然很美好，但有很多禁忌，一伙男青年女青年，他们想在一起玩，但是没有合法性，所以他们就设法组织了一个"读书会"，就像舒婷老师在诗里写得一样，年轻人谈恋爱必须要兼顾事业，如《双桅船》上的两根桅杆，一根是爱情，另一根是事业，这样才可以成立。还有《致橡树》中，女主人公必须"作为树的形象和你站在一起"，"爱你，不仅爱你伟岸的身躯，更爱你坚守的位置，足下的土地"。这就是80年代的爱情，并非各位今天想得那么轻松美好，要想合法化，必须要有所寄托。这帮年轻人搞了读书会，然后开始假模假式地读书讨论，但内心里的"力比多"所指向还是男女两性的接触。这里面有个特别漂亮的女孩子，是群里的焦点，人人都想去追求，但是这女孩却看不上同龄的男生，她喜欢比自己大很多、已然结了婚的那个男人。这个男人有思想，喜欢玩深沉，人称"小卢梭"。女孩很崇拜他，来往了一段时间，但是后来她发现了他的虚伪，爱情的天平就倒向了一个同龄的小伙儿。这小伙儿苦苦追求了很久，两个人终于约会了，可是初次约会却出了个意外，小伙子不小心在生理上出了个丑——他憋不住放了一个屁，这女孩就气得拂袖而去了。

这就是在苏童理解的80年代，你可以将它看作是"黄金时代"，你也可以认为是一个幼稚的时代。90年代的女孩子会想，这不过就是一个正常的生理现象嘛。最近看电视《芈月传》，其中还有芈月小时候调皮，像小孩那样模仿放屁，吹自己的胳膊，会发出一种类似放屁的声音。而现在，我们也不会幼稚到认为一个屁就能毁坏一段爱情，但是80年代却不可以，这就是纯洁的幼稚，或者幼稚的纯洁。刚才说到80年代的文学精神，其实和这个时代总体的氛围，一个整个文化成长的青春期是匹配的，我们即便不用黑格尔的进步论逻辑去认识它，也必须承认它是一个激情澎湃的、身体发育的、感官强化的、思维活跃的，力比多旺盛的时代。要真正地把握80年代，必须要落到它那既是启蒙主义的、同时又充满感性的时代精神上，感性当中又很压抑，这就是80年代。在文学精神上它也是这样，它有特别强健的、叛逆性的一面，但也有压抑的和含混其词的一面。而这正是属于文学的时代，因为没有压抑就没有春梦，马原的《虚构》便是最好的象征——把个人的隐秘经验写出来，只有《红楼梦》这样伟大的作品才能够无所遮障和毫不回避地写出来。

　　从这个意义上说，回忆历史一定要有一种辩证观，既要警惕进步论，同时又要怀着一种还原基本经验的冲动。每个人的个体经验都是这样，当我们讲起自己童年的美好的时候，每个人都绘声绘色，这也是生命本身的一种诉求，或者是生命本身的一种自然的状态、一种本能的释放。

　　假如说80年代是"黄金时代"，那么有没有一个"白银时代"呢？我以为是有的，那就是文学的90年代。90年代是中国当代文学真正的成熟期，也是整个新文学的成熟期，不止大量优秀的长篇小说出来了，同时我们还看到了一种"传统的复归"。与30年代中国现代文学中的那些作家比，无论是在作品的结构上还是在艺术形式上，在作品的艺术品质上、难度上、复杂性上、思想的承载力上，90年代文学都要成熟得多，不可同日而语。巴金先生一辈子写得最好的小说，大家可能会觉得数得着《寒夜》，但是真正在文学史上有地位的还是"激流三部曲"，而《家》《春》《秋》里面我觉得最好的还是《家》。《家》我曾认真看了好多遍，每次都觉得不满意，觉得语言非常粗糙，但是《家》为什么会留下来呢？我仔细想想，就一个古老的主题或者说结构——挽救了它，以为《家》特别像是一部中国式的家族小说，它就像一个《红楼梦》的现代版，它讲的其实是一个大家族的衰败，这就是我们中国古代文学中最常见的主题了，豪门落败，红颜离愁，讲这样的故事。"旧时王谢堂前燕，飞入寻常百姓家"，它会让人觉得叹息，一个大家族的解体象征着一段历史的衰亡，一个人的经验本身中所必然包含的衰败与终结。在这个过程当中，"新人"成长起来，但是新人在艺术上却没有什么感染力，觉民和觉慧这两个人物有多少感染力呢，真正有感染力的，还是那个"半新半旧"的人，就是觉新。觉新身上的那些负重前行的、纠结的、命运的东西，会打动我们，会让我们读之百感交集。

显然，是一个《红楼梦》式的古老叙事结构挽救了《家》这样的小说。事实上，作为一个艺术品，如果要挑剔的话总能挑出很多毛病，但一旦我们将之与这些古老的经验相联系，它就不再是它自己。或者说，我们在读《家》的时候，会情不自禁地被一个古老的构造所攫持，我们的感受会因之而被修改。90年代出现了大量有传统印记的文本，如贾平凹的《废都》，王安忆的《长恨歌》，还有苏童写的《红粉》和《妻妾成群》那类中短篇小说，它们都共同唤醒了我们古老的审美感受。

白银时代不会像黄金时代那么耀眼，但却是实实在在的收获期，它看起来没有轰轰烈烈的运动与景观，但却是真正属于文本的创造期。包括先锋小说作家在内,他们真正的代表作都是出自90年代的创造。

还有经典化的问题,这个当然也是复杂的,我们今天所说的经典化,并非单纯是指文学意义上的经典化,还有一种是更多地作为历史的经典化——在历史或时间当中刻下痕迹。换句话说,它可能不一定是"最好的文本",而有可能是"最重要的文本"。比如说胡适,"两只花蝴蝶,翩翩飞上天"这种诗,如果从今天的文学标准去看,你会觉得什么都不是。"我从山中来,带着兰花草,种在校园中,希望花开早。"这是儿歌,但是它们又很重要,因为是第一个。我们要描述新文学的历史谱系的时候,缺了它是不行的。另外那些便是属于永恒的作品——但即便是"永恒"的,也只是相对的,《红楼梦》再过500年也会存在,再过1000年相信也会存在,再过一万年,如果人类还存在的话,那么可能我们之前的文学只留下了两个人,一个是莎士比亚,一个是曹雪芹,其他连托尔斯泰有没有,都不好说,因为历史不可能容下那么多东西,这就是所谓的经典化。

我们现在缅怀80年代,必须要清醒地意识到,有两个80年代,一个是"所亲身经历的",还有一个是"他者化的"。那些过来人亲身经历了80年代的波澜壮阔,又经过了历史的总体性描述之后,就会感觉到一种梦幻般的、丰富的、充满了各种可能性的、洋溢着青春激情的、让人难以忘怀的那种经验;但是对于今天的年轻人来说,80年代是一个客观存在,它和马原的80年代,和没有来的余华的80年代,和我这种60年代出生、现在也已经50多岁的人的80年代,应该是不一样的。我们没有必要将之看得高不可及。

余脉或相关者：关于几个准先锋文本的细读

在现实和寓言之间：南翔小说阅读札记

小说自然要贴近现实，这也算是近些年文学的基本命题了。常见的说法诸如"有现实感""常识性""经验""接地气"等，有批评家还发明了"物感""物质外壳"等说法，强调小说的写实属性、现实逻辑。这自然没错，但另一方面，我们也要意识到，小说与现实之间并不是单向且有终结性质的"回到"的关系——换言之，小说不是回到了现实就万事大吉了，从文学史的角度看，这无论如何也难以理解为一个"进步论"的逻辑。事实是，历史上小说多数时候并不是"写实"的结果，相反倒多是"寓言"的产物。如果一个小说家不能将其写真式的故事上升到寓言的高度，那么这种写作的意义便显得可疑。不只是对于现代派而言，即便是中国古代俗到家的世情小说，类似"三言二拍"，也是把小说当作了"警世""喻世""醒世"的"通言""明言""恒言"。可见小说不是"对现实的记录"，而应该是"对现实的发现"，或是"对于人生的启示"。这个发现不只是描摹，而是一个充满了思考和发酵的过程，应该同时是对于现实的提炼与抽象，以及精妙的处理。所以好的小说家必须具有超越现实和总结现实的抽象能力，必须写出人的内心、灵魂、人性与命运，能够从现实走向更深层的世界，写出能够更具有认知与理解深度的真实。

这不免有"缅怀先锋写作"的意思，回头看，甚至会有些许"今不如昔"的感慨。存续十余年的先锋写作自然也有诸多不足，比如形式主义、不接底气等等，但这些同时也可以理解为是充满探求的精神，充满了精神和艺术的难度。想当初，那些叛逆者不过才刚刚二十几岁或三十来岁，但他们的叛逆精神却不是像如今的年轻人，热衷于以市场或撒娇为诉求的商业化、技术化与世俗化的写作，也不是犬儒的媚俗式的抄录现实，而是同样以青春和力比多为支撑，写下了那个时代最具有艺术难度与精神高度的作品。同样是叛逆，但两相对比，孰高孰低，却可以一目了然。

这些话自然一说就多，不如不说。文学的潮流无可阻挡，不是个人好恶所能驱遣和改变，刻舟求剑式的缅怀过去自然没意思。但不管怎么变，好的小说家要有"从现实通向哲学"的能力，却是不能改变的基本特质。无论是艾布拉姆斯所说的"烛照"，还是昆德拉所说的"发现"，其实都不是指一望无余的具象世界，而是指对世界全部秘密的发现。但这个"秘密"不是刮去表面的一层浮土就会自动显现，归根结底这是一个再创造，一个通过哲学的烛照与精神发现去照亮世界的过程。

南翔的小说让人有眼前豁然一亮的感觉。原因是，他或许与眼下写作的流俗拉开了一点距离。因为我从其《绿皮车》中所得到的印象，不只是对现实的记录，而是充满了启示性和时代寓言的意味。表面看，他的素材或领域也不离眼下文学的大环境，也在写底层，写环保，写历史，但他对于历史的书写却不只是叙述故事，也不只是用惨痛或者血腥来震撼我们的神经，而是用了人性寓言的方式，用了哲学探求的方式，揭示了历史深处的人性逻辑，这是令人欣喜的。而且在我看，这部小说集中最具价值的作品或许不是大家都抱以赞美的《老桂家的鱼》《绿皮车》诸篇，这些小说写得好，笔法细腻，有强烈的现实感，但或许与其他人的写法并无太大的距离。而另一类写历史的作品，却因为更具有处理的深度而显得与众不同，因而也更值得重视。

以《抄家》为例，我以为这篇作品可看作是一个极具哲学意味与人性深度的寓言。因为他对于历史的介入，已不是单纯讲述通常可以想象的暴力本身，而是深入到主体的内心与灵魂之中。我甚至认为，它称得上是一个绝佳的电影剧本，可以由顶级的大师来导演，可以拍出与《朗读者》《辛德勒的名单》一类电影相媲美的杰作。一边是无知无畏、无法无天的抄家的红卫兵，一边是学富五车但又沦为被专政者的老师方家驹，他精通音乐、艺术，兼有历史、人文、文学和军事方面的知识，但此刻却只有被强制剥夺一切的命运。而身边的这些学生，却在随意地侵害着他人的家庭和私有财产。两相对比，一个让人灵魂战栗的场景被勾勒得惟妙惟肖。

小说的绝妙之处在于，这一切是用了戏剧性的对比手法展开的，一边是无知的学生在违背法律底线与基本人伦在抄老师的家，一边则是卑微而虔诚的老师在耐心地给学生讲述无所不在的知识；一边是无知的极限，一边则是智慧的集合与化身。但一切价值在这里都被无以复加地毁弃和颠倒。当然，对于这一切，作家不是用了概念去堆砌，而是用了大量的知识与艺术的符号或者信息，将它们极有意思地"嵌入"到荒蛮的历史之中，嵌入到与"无知无畏"的"革命者"对照与对立的情景之中，以构成一面人性乃至文明的镜子。

作为小说中的一个衔接两端的人物，被昵称"燕子"的徐春燕在其中扮演了很重要的角色，她会拉小提琴，又有不同寻常的美貌，因此在两派抄家者中具有特殊而奇怪的威慑力：她一方面充当了帮凶，另一方面又在不断地接受来自老师方家驹的知识传授；她一方面显示出同样的粗鲁与冒犯，另一方面又暗示着某种人性的闪念以及对于知性的尊崇。即使是在这样酷虐的年代，她身上也还闪现着一丝文明的希冀，但这也如同《朗读者》中所暗示出的人性与文明的悲剧寓言一样，在某些时刻，艺术和文明同样不能挽救历史，也不能救赎人性自身。她告诉我们，即便在如此摧毁一切的年代，历史也从来没有单质化，也仍然保有了有文明以来最基本的悖论、冲突、戏剧与传奇。

主人公方家驹最后的失踪也是一个很有意味的处理，他成为一个未解之谜，对于小说而言是一个最好的处置。这意味着，历史的悲剧仍然是"没有主体"的一个谜团，受害者依然没有得到安抚，基本的人性正义仍然悬空而没有昭彰。但颇富戏剧意味的是，当年的那个燕子，最后成了一个历史的缅怀者与生命的凭吊者——她变成了一个"六十开外的美籍华人"，在业已拆迁的中学旧址处拍照留念，她的身后则是"跟他们生活的国家和城市越来越趋同的车水马龙"。

可见，戏剧性与寓言化是这个小说最核心的特质，由此它构成了一篇历史或者哲学的寓言，而不只是一篇小说，也不止是对历史的批判，而是对人性与文明的哲学思考。它所生出的历史的荒诞感与文明的悲剧性，以及对其人性渊源的深思，可谓有良多启示。

另一篇《无法告别的父亲》仿佛是另一个人性的寓言，小说借了罹患癌症处于弥留之际住在医院的父亲，来叙述已然沧海桑田的70年代的历史。那时父母亲分别作为警卫与护士，看护一个只有"编号"没有名字的病入膏肓的老人，这个老人其实是与"林彪集团"有瓜葛的"案犯"，但作为病人，那时年轻的父母亲却冒了很大的政治风险，依照基本的医学伦理而给予了他应有的照顾。后来他们都受到了组织的处理或处分，而病人也终于"被终止"了生命。对照现实的医院与医生的职业伦理，这篇小说不禁会令人感慨万端，即便是在号称没有人性的年代，其实人性的闪光依然无处不在，而在如今这样的年代，人们却反过来怀念那时普通人的纯真和善良。另一篇《1978年发现的借条》，也有近似的历史的戏剧性在其中。革命时代也有讲道理的，李队长借了阿平家的枪与粮，留下一张借条，誓言革命胜利后还债，但并没有兑现——革命的逻辑也不可能给予阿平的先人以兑现的机会，只是在"划定成分"的时候对他家有所照顾。随后这家人贫病交加，想拿这张借条来救命，但始终没有成功讨还，最后不得不将其撕掉。三十年后似乎终于又有了机会，但立借据的人已死，历史也早已查无对证了，恩怨纠结，终有消亡。

再来说说《老桂家的鱼》，这篇广受赞誉的小说在我看来也不像是一个概念化的"底层"叙事，而更像是一个与鲁迅、沈从文等有内在传承的作品。固然它也写了贫病交加的渔家生涯，写了一户渔民（疍民）困顿的日常生活，但更让人流连忘返的是它对于点滴生活场景、对于人情人性的精细而传神的描写，有似沈从文笔下的湘西人家,或是鲁迅笔下鲁镇人的生活景致,人物的音容笑貌,性格情态可谓跃然纸上,极富神韵。这些画面不止弥合了小说对于现实问题——诸如过度捕捞、航运干扰、因病致贫等社会现象对于叙事本身的意义挟制,同时也使得这些问题永久化了——成为生存甚至一种文化和文明的悲剧。这样的悲剧与现代历史与社会的整体进程息息相关,是自鲁迅、沈从文和许多现代作家以来共同的主题。

当然,至于小说的魅力,也来自它淡淡的伤怀与诗意,由质朴的渔家生活和尚存的伦理风习,由这些民间或底层的人物的命运所带来。他们作为历史的生存,或者作为生存的历史,在这里生发出了久远的时空与漫长的意蕴。不足之处是结尾的仓促,收的过于突然,对于老桂的死交代过于简单。在尤为有戏、有展开可能的地方草草结束了。

另一篇《绿皮车》的意义庶几近之,与《老桂家的鱼》有异曲同工之妙。它同样着眼于即将消失的人与事物,着眼于一种即将推出历史的生存与伦理,不同的是,它不是住笔于乡下或渔村,而是深情款款地描绘了一列老旧的"绿皮车"的景观,描绘了一个即将退休的绿皮车上的茶炉工的生涯与命运,也同样焕发和激荡出令人百感交集的诗意。这个并无名字的茶炉工,以"接班"身份入职,与绿皮火车同行,经历了曾经新鲜却逐年褪色,曾经满足却愈显卑微,最终彰显出草芥之身的人生,被时间和时代远远地抛下,并且最终还要告别这样一趟本就被历史抛掉的列车。确乎有某种深意存焉。在职业生涯的最后一个班次,即将退休的他,像以前三十五年中每一个班次一样,卑微然而生动地,与底层的芸芸众生摩肩接踵地紧挨在一起地,有嬉笑也有怒骂,有悲愁也有慷慨地，履行了最后一次职责。虽然不无刻意的张扬，或者又显得过分的克制——这或许是这篇小说的妙处所在——画出了一个底层人的酸甜苦辣，彰显了历史或时代的一份淡淡的忧伤。真是妙极了。

"绿皮车"是逐渐水落石出、归本复原的一个符号。当年改革开放的初期，这样的火车并没有给人如许的卑贱之感，遥想三十多年前1979年王蒙的一篇《春之声》，几乎是掀开了新时代的序幕，然而却是物是人非，相去霄壤。科学家岳之峰乘坐波音喷气飞机从现代化的美国访问回来，再在春节来临之际乘坐"闷罐车"回到贫瘠的乡间探视老母，在拥挤的车厢里，在五味交杂的烟雾与喧嚣中，他似乎听见了施特劳斯《春之声圆舞曲》的旋律，心中荡漾起无限的憧憬。那时谁会想到今天？确实，谁也无法否认历史的发展和进步，但是人的分化与历史的悖论仍然存在，从岳之峰到茶炉工，从回旋着春之声圆舞曲的闷罐车到鸣响着鸡鸭鹅鱼交响曲的绿皮车，相似而又不同的生命处境，在对于历史和文明的更深远的认知中，生发出新的诗意。

这是《绿皮车》中的一段：

绿皮车因了连年的亏损，路局也想停运。如果停运，那么职工通勤，学生上学，还有菜嫂和鱼贩子的日常劳作买卖，将是另一番景观，怎样的景观呢？人生就是这样，一直往前走啊走啊，年轻的时候，从不会去想终点在哪里，结果会怎样？一趟一趟地行走，一趟一趟地折返，似乎永无尽期；猛不丁就到了终点，该下车了。忽然明白了，永远需要你的，其实是你的家，而不是一拨又一拨的乘客,当然也不是单位,不是绿皮车,不是你的煤铲,捅火钩和袅袅冒着热气的茶炉。

他从衣兜里小心掏出一个瘪瘪的烟盒,那里面是一个著名医院血液科主任医生的名字,他拿不准要不要马上去找他;不管找不找,日后有更多时间陪伴生病的老婆,却是无疑的了。

仿佛刻意构成的戏剧性的对比与对话关系,岳之峰幻想中无限美好的未来,变成了茶炉工令人悲伤的过去。"发展"确乎改变了许多人的人生轨迹,改变了陈旧的生活方式,"绿皮车"也沦为了穷人的车,变成了底层子弟们、乡下菜农和鱼贩的车,拉着过去岁月的车,勾连着日益衰败的乡村与不断扩展的城市的车。而今连这车也要因为亏损而退出历史舞台了,你不能说历史没有进步,但历史的进步最终能够解决的,仍然有限,对于茶炉工来说,他不过是延续了无数人——也许是大多数人,从哲学的意义上是所有的人——共同的经验:历史的车轮仍在前行,但终有一天每个人都要下车。

南翔的小说所揭示的是另类的历史,是历史背面的东西,这是令人欣悦的,没有哪一个成功的作家是兴冲冲地去写历史的正面的。而对于这背面的书写,也不能只限于表象与问题的描摹,而是要深进去,去触摸容易让人"触电"的部分,被击中、被震撼、被俘获的敏感的历史之核。

需要赞美的还有细节,南翔的细节描写是过硬的,不止如前所述的民间风情与人物情态的刻画,便是其叙述的文风,也可谓深得人心。假如非要"定性",据我看来,他是持守了一种兼有

"先锋小说"与"写实主义"的文风和文体,因而亲切而又陌生,准确而又洗练。比如在《1978年发现的借条》的开头,是如此有现场感与细节性的一段描写:

> 1978年初夏的某个下午,我正在窗前复习一本高三的《代数》下册的内容:若某事件概率为p,现重复试验n次,该事件发生k次的概率为$P=C(k,n)\times p^k\times(1-p)^{(n-k)}$。C。这样绕梁三圈还不止的艰深公式,令我这样一个"文革"伊始混过三年初中,即到宣江站当工人已近七年的后生子,不免头大如斗。看着看着便走神。
>
> 窗外是无限风景,隔壁阿平种的几蔓丝瓜,从一棵柚子树的不同侧面攀缘而上,再蜿蜒蛇形而下,在我们这排光棍宿舍后屋檐下的电线上热烈地汇合,几百朵雌雄邀约的黄花绽放如五线谱上的旋律,于是蜜蜂来了,蝴蝶来了,蜻蜓也来了。这样缤纷的场面,只有《列宁在一九一八》里的天鹅湖片段可以媲美,"若某事件概率为p"远远不能牢牢吸引一个旷废学业多年后生的目光,尽管他早已厌倦按部就班的生活,对高考恢复之后的另一种可能,无限向往。
>
> 我忽然发现,在缤纷之中,有一只小小的寂寞的蜗牛,不知如何克服了险阻,攀上了丝瓜蔓,行走之慢,几乎看不出它的蠕动……

不禁让人想起先锋小说时代的某些情形。语言是思想的直接现实,我相信,这不只是风格的近似或者模仿,它同时也包含着一种观察的态度，一种再现现实的方法，那就是，不只是写真，而更是寓言，不只是反映论意义上的书写，更是发现论意义上的探求。

2014 年 3 月 10 日于北京，3 月 29 日改于台北

后 记

岁尾时，忽接到孟繁华先生的电话，说让我整理一个书稿，放入一个叫"新文艺观察"的丛书。听言自然喜不自胜，又颇感惶恐，遂急忙按照要求，翻箱倒柜打点近几年的文稿。发现不回头看则已，一看却吓了自己一跳，文章是如此之少，更兼鸡零狗碎，实在是编不成一个像样的东西。唯有一点点草蛇灰线般的轮廓，隐隐约约的踪迹，便是续接了前些年关于先锋文学的那点儿研究，长短不齐，有十数篇，按照路数和品相分成了几个小辑，罗列于此，攒成一个类似关于"先锋文学的余绪"或是"前世今生"之类的题目，权作一个设问和回答。

我自知也无法回答。先锋文学究竟去了哪里？这问题犹如庄周梦蝶之后的设问，蝴蝶翩飞，忽不见踪迹，亲历者如梦初醒，更不知此生何人，今夕何夕，遑论回答问题。我只能凭自己这点粗糙的感受与分析力，去做一些蠡测。其实数年前当我操办一个"纪念先锋文学三十年国际论坛"时，就已听到了来自青年批评家们的说法，即现在的大学生已"不读先锋文学"，他们甚至在质疑先锋文学"是否经典化得太早"，等等。这些疑问或者判断令人感慨，也需要回应。或许这些文字中的某些部分，便是来自于回应的意图。

关于题目和书稿该说的话，序言和前文中都已说了。纯然表达感慨似乎也不合时宜，或许人还未老已有迟暮之感，大抵是有些矫情的，北京人对于"矫情"二字是尤其厌恶的。我要小心着这些个陷阱，但谈论先锋文学的"后史"，无论如何是"别有一番滋味"的。唯一令我欣慰的，是对于文学本身的坚信，相信人们对于有难度的事物的珍爱，以及有精神内涵的文字的尊重。它们或许会受到时尚的疏离，会有寒凉冷暖，但不久之后或许就会再度被忆起。纵有八代之衰，也还会有风云际会，一部文学史的皇皇构造中，这总是常识。

感谢繁华孟哥的厚爱，让我得以厚颜忝列诸位名家的文集。惴惴之余，亦不免侥幸，得意于与有荣焉。

2019年1月22日，谨记于北京清河居